**I HOPE
YOU ARE**
today, tomorrow and at this moment
HAPPY!

꿈꾸는 할멈

김옥란 지음

출판사

포북

좋아하는 음악 방송이 있습니다.
라디오에서 나오는 음악이 집 안에 가득 채워질 때면
햇살도 마루로 깊숙하게 들어서고,
차 한잔을 마시기 좋은 시간이 되고는 합니다.
습관처럼 듣고 있기는 하지만
어떤 음악이 나왔었는지, 기억도 나지 않곤 해요.
그냥 그 시간을 좋아합니다.
우리가 사는 시간도 그런 것 같아요.

그러던 어느 날. 디제이의 마무리 인사가 참 좋았습니다.
"여러분, 오늘 행복하셨나요?"
나도 모르게 그만, 혼자 대답했습니다.
네. 나는 행복했어요, 라고.

『꿈꾸는 할멈』이라는 이름으로 책이 나온 것이
2014년의 일입니다. 그 후로 긴 날들이 지났습니다.
이번에는 음식 말고, 이야기를 나누고 싶었습니다.

이번 글들은 아마도
"자신에게 실망하지 마. 모든 걸 잘할 순 없어."
이런 유행가 가사와 엇비슷할 것 같습니다.
삶이란 건 좌절과 희망, 희로애락의 반복이겠지만
그럼에도 나의 시간을 소중히 여기며
좋은 날이 더 많다고 믿으며 살아온, 그런 이야기.

실은, 칠십 줄에 들어선 어떤 '꼰대라떼'의 이야기입니다.

느리게
마음으로 읽어 주세요.
그것만으로도 저는 행복할 것 같아요.

끝인사에서 기다리겠습니다.

2장 —————————————— 좋았어. ——————————
맛있고,
배불렀어

3장

숨 쉬듯
감사한
매일의 밥

1장

살림,
이만큼
좋아합니다

내일의 에너지

집에 들어서면 원래의 집 냄새가 난다.
조개 넣은 음식을 먹은 날은
다음 날까지 집 안에 바다 냄새가 남아 있고
현미 국수를 삶은 날에는
구수함이 계속해서 은은하다.
음식 냄새가 센 날은
초를 한번에 두어 개쯤 밝히며
원래의 집 냄새로 리셋을 시킨다.

청소는 몰아서 하지 않고 날을 정해 나누어 한다.
그러면 내려앉은 먼지가 자리를 잡아
묵은때가 되지 않는다.
청소도 취미이니
밀린 일처럼 되는 것은 싫다.

저녁에도 가볍게 청소하기를 잊지 않는다.
아무리 늦은 시간이라도 종일 사용한 것들은
차곡차곡 정리해서 제자리에 넣는다.

다음 날 아침이면 활짝 기지개를 켜는 살림들.
커튼 틈 사이로 은은한 햇살이 수줍게 들어서고
그럴 때 커튼을 젖히면 집 안은 정갈하게
환한 모습을 드러낸다.
왠지 좋은 하루의 시작 같아서 설렌다.

내일의 에너지.
오늘의 정리와 청소 덕이다.

여자였던 시간

여름 잠옷을 빨았다.
잠옷을 볕에 널어 말리기에는 늦여름의 한낮이
후끈하고 습했다. 가을이 올 듯 말 듯,
명품 햇살은 여름의 끝자락을 붙잡고
눈치 보듯 기웃거리지만 밤이 오면 확실한 가을이다.
여름 잠옷을 넣을 때이긴 하다.

철 갈이 옷 정리를 할 때, 특히나 잠옷 사이에는
좋아하는 비누를 포장지에 싸인 그대로 넣고는 한다.
사춘기 소녀 적, 잠옷 사이에 그 당시 유행하던
밍크 비누를 넣었다가 할머니한테 혼이 나기도 했지만
포기하지 않고 비누를 넣었다.
잠옷에서 풍기는 비누 냄새를 맡으면
솔솔 잠이 들었기 때문이다.

30년 넘게 입는 아사 원피스 잠옷이 있다.
강산이 세 번이나 바뀌었지만 아직도 멀쩡하다.
목이 시원하게 드러난 앞가슴 쪽에는
수줍게 꽃 자수가 놓였고, 잔잔한 주름이 허리까지.

그 아래로는 넓게 퍼지는 풍성한 주름으로 바뀌고
길이는 종아리의 반쯤 정도에서 끝난다.
보일 듯 말 듯 안개 속 같은 아사의 감촉은
이른 여름의 바람결을 닮았다.

젊었던 시절.
하루 일과를 마친 뒤 이 잠옷을 입고서
할랑거리며 마루를 돌아다니면
젊었던 울 할아범, 얼마나 가슴이 벌렁벌렁했을까.
하얀색의 아사나 리넨 잠옷에
살큼 향긋한 비누향을 보태는 것만으로도 요즘 말로 꾸안꾸.

여자 티를 내기에 그만이었다.

다음 생이 온다면

살림도 정리도
음식도 더 잘해야지.
프랑스 파리로 간식도 배우러 가고.

보금자리는 자그마해도 주택을 가져야지.
담장 가까이에 감나무와 대추나무를 심고
부엌문을 열고 나가면 만나는 뒷마당에는
기다란 나무 지지대를 세워서 빨랫줄을 만들자.
먹을 만큼씩, 매일 화수분처럼 자라는 채소밭은
손바닥 텃밭이라고 불러야겠다.
음… 더 생각해 볼까? 상상해 볼까?
이생에서는 부끄러워 못 했던
쇼트커트를 한 다음에 페도라를 써 볼까?
아니면 치렁치렁 머리를 길러서 똥그란 똥머리를 얹을까?
손톱도 길러 봐야지.

그 무엇보다 남편은

비가 오려나 싶으면 무릎이 쑤신다느니

별이고 나발이고

늦게 자면 피곤해서 안 된다는 남자는 사절.

시를 서너 개쯤은 외우고

화가 났어도 눈빛은

배우 조인성 씨를 닮고

피아니스트 김정원 씨 같은 목소리로 말하는 남자를 고르자.

영화나 콘서트 보러 갔을 때 졸지 않고

끝까지 함께 봐 줄 수 있는,

돈 많은 남자를 과연 만날 수 있을지.

작업실이라는 이름의 각방

마당 있는 집에 살아 보았다.

엄밀하게 말하면 밥장사를 하려고

이사했던 집이자 가게였다. 마당은 넓지만

식당의 주차장으로도 부족한 크기였고,

도토리 키 재기만 한 방이 두 개 있었다.

그중에서 조금 큰 방을 작업실로 정했다.

블로그와 사진 작업을 하고 수를 놓고

뉴스 말고, 감성 돋는 드라마를 골라 보며

온전히 나만의 공간으로 독차지하고 싶었다.

절대 각방은 안 된다던 할아범에게

"각방 아니구, 이 방은 내 작업실."

이러면서 할아범을 기어이 작은 방으로 내몰았다.

드디어 갖게 된 혼자 쓰는 방이 참 좋았으나,

비가 후드득 떨어지며 유리창을 두드리는 날.

가을밤, 지붕 위로 떨어지는 도토리 소리에 잠이 깨는 날.

눈 온다 그러면서 옆방 할아범이 벽을 똑똑, 하는 날.

슬픈 영화에 가슴이 미어지는 날이나

누군가에 대한 미운 마음이 삭지 않는 날.

그런 날은 둘이어야 했다.

각방 아니고, 작업실이 맞았다.

부엌살림의 동반자

앞치마를 꼭 입는다. 앞치마를 옷이라 여기며 살았다.
체크무늬나 차콜의 색에 잠시 홀린 적도 있지만,
돌이켜 보면 결국은 하얀색이었다.
하얀색은 청결하다. 부엌에 있을 자격이 있다.

앞치마에는 작은 주머니 하나 정도, 있으면 편하다.
거기에 앙증맞은 단추를 달고는 한다.
입을 때마다 서너 살은 어려지는 느낌이다.
어차피 착각은 자유니까.

주머니에 화사한 체크무늬 헝겊을
조그맣게 잘라서 덧대기도 한다.
그러면 나만의 홈패션으로 깜찍함이 더해진다.
집 안에서만 누리는 멋내기다.
조금 귀찮기는 해도 매일 빨아야 한다.

푹 삶아 말리면 날이 갈수록 뽀얘지는 광목은
톡톡해서 좋은데 입었을 때 좀 무겁고, 빨면 더디 마른다.
리넨 앞치마는
허투루 입기엔 좀 그렇지만
물 흡수도, 건조도 빠르고 손에 닿는 감촉도 상쾌하다.
한 마 혹은 한 마 반, 그런 헝겊들이 마법을 부린다.
부엌살림을 더 신나게 한다.
밥해 먹는 여행에도 함께 데리고 간다.
하얀 앞치마를 입으면 지워지지 않는 얼룩이 남지만
함께 수고하며 지낸 시간을 생각하면서
해지도록 입고, 좋아하고 아낀다.

앞치마는 부엌살림의 동반자다.

살림을 줄여도 되겠어

모네의 집이 있는
프랑스 지베르니 근처의
에어비앤비 숙소 부엌은
한 사람이 겨우 들어갈 수 있는 폭에
길이도 짧았다. 벽면에 일자로 붙은
하얀색 장이 있고, 그 맞은편 창가의 작업대에는
양념들이 가지런하게 놓여 있었다.

그날은 오이를 칼등으로 쳐서 새콤하게 무친 반찬과
수육을 만들어 먹었다.
남은 수육은 끝이 뭉툭하고 맵지 않은
프랑스의 꽈리고추를 넣고
장조림을 만들어 창가에 두었다.

눈이 부시도록 파란 하늘이 덥석,
반 이상 들어선 부엌.
간장내 나는 더운 김을
프랑스의 하늘로 올려 보내는
창가의 수육 장조림이 천진해 보인다.

하얀색 루버 창을 열면 그 너머로
마당의 키 작은 블루베리 나무들이 눈에 들어오고,
싱크대의 하얀 서랍을 열면 리넨 행주들이 손에 잡힌다.
프랑스 리넨이다.

햇살이 잘 드는 곳에다 사용한 도마를 세웠다.
이곳에 머문 여행객들이 돌아가며 사용했을
최소한의 부엌살림들이 부족하지 않았다.
끌로 가장자리를 깎아 낸 듯한,
불규칙하게 둥근 오벌 모양의 도마에는
여행객들의 끼니가 낮은 칼자국으로 남아 있었다.
주인에게 내밀면서 얼마면 됩니까,
〈가을동화〉 속의 원빈 흉내라도 내고 싶을 정도로
갖고 싶었다.
그 집을 떠나오던 날
작은 부엌을 돌아보았다.

'살림을 줄여도 되겠어.'

살림은 아무나 하나

할아범에게 부엌살림을 가르치기 시작한 건
삼식이 돌보는 일상 중 적어도 한 끼 정도는
할멈도 좀 편하고 싶었기 때문이다.
작게, 그러나 자주, 칼칼한 언성이 오갔다.
주로 가르치는 할멈의 목청이 컸다.
서당 개 삼 년이면 풍월도 읊는다 그러던데,
지금까지 요리 선생 남편으로 산 게
수십 년인데 이걸 못 한다고?

한 움큼 가져온 텃밭 채소를 내밀며 말했다.
"가지는 뽀드득 소리 나게 씻어서 길게 잘라 줘."
그러면 영락없이 질문이 돌아왔다.
"길게, 라는 게 얼만큼 길게야?"
아놔! 소리가 절로 나온다.

"바질은 한 잎씩 떼어 줘. 당신이 좋아하는 거 있잖아.
바질 페스토 만드는 법을 알려 줄게."
그 이태리 음식이 입에 제일
잘 맞는다던 할아범은 대답도 없다.
바질 잎을 떼는 대신, 식은 보리차 네댓 병을
냉장고에 넣고는 에구구, 마루가 꺼지게 소리를 내며
소파에 털썩 앉는다.
다음 날 아침.
할아범은 어제 한나절이나 걸려서 정성으로
손수 썰어 담은 수박통을 들고 말한다.

"나는 아침으로 이거나 먹을래."

아들 눈에는 엄마가

서랍 속이 어수선했던 적은 별로 없었다.
하지만 나뉜 칸이 부족하다 보니
종류가 다른 것을 겹쳐서 넣어야 했다.
서랍을 열었을 때, 그 속에 담긴 것들을
굳이 들추지 않아도 한눈에 보고 싶었고,
담긴 것들이 움직임 없이 제자리에 있게 하고 싶었다.
그래서 시작한 일이 서랍 속의 서랍 만들기였다.

종이에다 밑그림을 그렸다. 헝겊이 너무 얇으면
서랍 안에서 돌아다닐 것 같아 얇은 퀼팅 솜을
넣어 달라고 부탁을 했다. 바느질 전문가한테 맡길 터였다.

완성된 것을 서랍 속에 넣은 뒤
각각의 자리를 잡아 주었다.

마음에 들었다.

그 모습을 보고 있던 아들은 말했다.

"엄마, 이렇게 넣는 건 너무 빡센 일이에요."

그런데 사나흘이 지나고 나서 아들은 다시 말했다.

"엄마, 이거 괜찮은 거 같아요.

엄마는 원 인 어 밀리언(one in a million)이세요."

"원 인 뭐라구?"

분가하는 아들은 똑같은 것으로 일단,

두 개만 만들어 달라고 부탁을 했다.

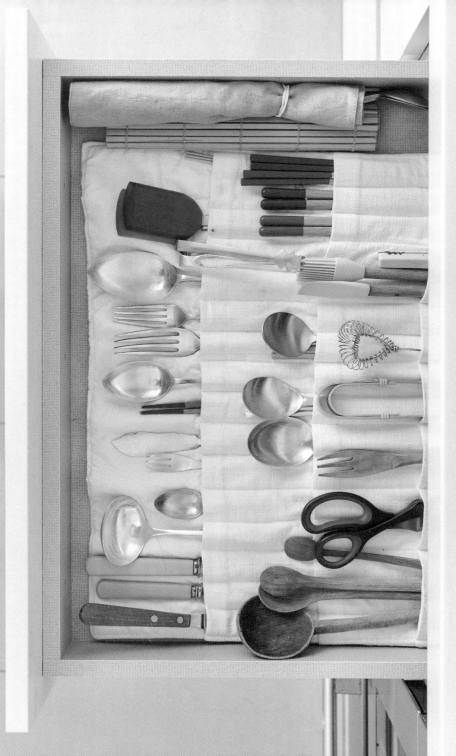

재미있게 살면 좋지

다니러 온 사위가 목욕탕에 들어가 씻었다.
그런데 머리를 둘둘 감싸고 나오는 그 수건이
하필 발수건이었다. 슬그머니 웃음이 났지만,
어차피 새 수건이라서 입 꾹 닫고 모르는 척했다.
이런 이유로 시작한 게 발 그림 자수를 놓는 일이었다.
발수건에다 발을, 자수라고 할 것도 없는
발 그림을 꼼꼼하게 새겼다.

'좀 어설프긴 해도 발이 손으로 보이진 않겠지.
발 그림이 있는 수건을 보고도 이것으로 손이나
얼굴을 닦지는 않을 거야. 피식, 웃으면 더 좋고.'
이런 생각으로 수건 위에 발 그림 자수를 놓았었다.

재밌다.

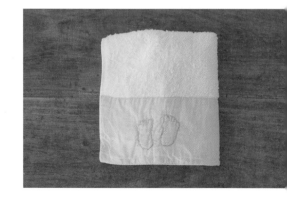

낡고 오래되어도

하도 낡고 오래되어 버릴까, 싶은 적이 많았다.
그러면서도 차별 없이 닦아서 보관을 했다.
은처럼 빛나던, 첫 만남의 빛깔은 사라져 버렸다.
더구나 식당으로 가져와 다 같이 사용하면서는
할멈 혼자 힘으로는 간수하기가 버거워졌다.
꼭 주워다 놓은 물건처럼 되어 버렸다.
그래도 이 찜기만 한 것이 없다는 생각은 한결같았다.
양은 쟁반도 역시 그만 써? 이러다가도
또 이만한 게 없다 하면서 다시 닦아 놓는다.
30여 년 전, 방산시장에서 여섯 개를 샀었다.
쿠키와 파이, 타르트, 롤케이크 같은 것을
바쁘게 구워 내던 쟁반이다. 찌그러지고 주름지고
얼룩이 되어 버린 묵은때가 깊이 자리를 잡았다.
어쨌거나 셰프인 아들은 지금도 잘 사용한다.

문득 어제 다툰 후로 좀처럼 말을 섞지 않는,
느린 곰처럼 앞서 걸어가는 할아범이 짠하다.
'주의, 성질 있음'이라는 등짝의 경고문도 희미해졌다.
아니면 나도 화가 좀 삭은 건가.

다정한 목소리와 모습을 가진 때가 있었는데.
이제는 서로에게 저 찜기나 쟁반 같을까.

행주가 주는 행복

희빈 마마 대접받는 자수 행주도,
쇤네 같은 막행주도,
오래되어 찢어진 것도, 삶고 빨고
햇살에 널어 말릴 때는 겁나 평등하다.
목욕도 다 함께 공중탕이다.
때도 차별 없이 밀어 주고 씻겨 주고
단체로 선탠도 시킨다.
하늘은 파랗고 햇살은 뜨겁고
새들의 노래까지 보태 주는 날이면
행주를 널면서 흥이 절로 난다.
햇빛을 끌어안은 천연의 바람이 행주 사이를
한 올 한 올 파고들며 빈틈없이 말린다.
덕분에 마른 행주에는 그날의
바람 냄새가 남아 있다. 그 냄새가 좋다.

행주를 삶고 말리는 날.
살림을 좋아해서 누리게 된,
소소한 행복의 날들 중 하나다.

식탁에 입히는 옷

젊었던 할아범 회사의 연말 회식이 있던 날,
호텔 식당에서였다. 빳빳하게 풀 먹인
하얀 테이블보가 매끄럽고 도도해 보였다.
따라 하고 싶었다.
그러나 일 많은 대가족 식탁에는 넘사벽이었을 뿐만 아니라,
그때는 자개로 만든 두레반 밥상이었다.

식탁이 생기고 나서는 예쁘게 살고 싶었다.
마음에 담아 두었던 식탁보를 만들었다.
밥 한 공기를 풀자루에 넣고 비벼 풀물을 우린 뒤
옥양목에 풀을 먹였다. 풀 먹인 이불 호청을
입 풀무질로 주름 쫙쫙 펴고 발로 밟기를
수백 번이나 했던 그 경력이 어디 가겠나.
빳빳하고 하얗기가 이루 말할 수 없었다.
식탁보의 꿈은 이루어졌으나

가족의 식사 시간은 살얼음 밟기였다.

할아범은 밥을 먹다 흘리면 지레 성질을 부리고,

순둥이 아들과 딸은 반찬을 흘리면 울기부터 했다.

풀 먹이기를 때려치웠다.

자주 빨기 좋은 헝겊으로 바꿨다.

흘려도 개의치 않기로 했다.

하나로 시작했지만 마를 동안에 하나가 더 필요했다.

개수가 늘어났다. 잘사는 성당 형님 댁에서 본

남다른 헝겊도 궁금했다. 리넨이었다.

리넨이 합류를 하니 아사, 광목, 옥양목이 밀렸다.

식탁 하나에 식탁보가 다섯 장이면

식탁이 여섯 개가 되는 기분이다.

식탁을 새로 들일 때처럼

여러 헝겊을 만지고 그 질감을 느끼고
사계절의 느낌이 있는 색이나 무늬를 고른다.
특별하다고 이름 붙은 날에 사용할
그릇들과 잘 어울릴지도 가늠해 본다.
그러면서 마음에 드는 헝겊을 갖는다.
또다시 새로운 식탁이 생기는 날이다.
딸의 도시락에도 책상 크기에 맞는
식탁보를 만들어 함께 넣어 보내곤 했다.
도시락은 꼭 그 위에 놓고 먹으라고 했으나
나중에 딸 친구들에게 들은 얘기는,
"어머니, 쟤 식탁보 땜에 왕따당할 정도였어요."

식탁 위에 식탁보를 두르고 음식을 놓는다.
가족이 둘러앉는다.
"잘 먹겠습니다."
오늘 하루도 더 바랄 것 없이 감사하다.

고질병

털실만 보면 뜨개질이 하고 싶어서 두근거린다.
못 말리는 고질병이다.

앤티크 숍에서 작고 예쁜 모티프를 보았다.
팔지 않는 소품인데 사진은 찍어도 좋다는
허락을 받았다. 그렇게 찍은 사진을 들고
털실 가게로 갔다. 빈티지 실까지는
바라지도 않았지만 고르다 보니 색도 그렇고,
점점 개수가 늘어났다. 살짝 망설여졌지만
그렇다고 그냥 돌아선다면 고질병이 아니지.

잠시 쉬는 낮 시간이나 밥장사를 마친 늦은 시간이
색색의 뜨개질로 꽉 채워져 무조건 좋았다.
완성하느라 가을이 깊어 가는 것도 몰랐다.
앞 바위산에서는 밤나무와 도토리나무가
열매를 여기저기에 털어 내기 시작한다.
단풍도 곳곳에 자리를 잡아 알록달록하다.

그 속에 섞어 놓아 본다.
뿌듯해서인가, 단풍만큼 곱다.

꽃보다 화초

꽃밭의 꽃도 좋아하고 잘라서 파는 꽃도
좋아하지만 나에게 주는 꽃은 좋아하지 않는다.
꽃이 일이 된다. 매일 두어 번 물갈이에,
어쩌다 잊으면 물 막힌 개울 냄새에
살살 심기가 불편해진다. 화병에 꽂으면서 다듬고
나머지를 버릴 때, 몇 개는 꼭 삐죽거리며
쓰레기봉투를 찢고 만다. 주변에 떨어지는
꽃가루도 자주 닦아 줘야 하고, 시든 후
버리는 것도 신경을 써야만 한다.

흙이 있는 화분에서 자라는 화초가 좋다.
초록 잎들도 곱고 꽃까지 피면 한 달은 눈호강이다.
그러니 리본도 묶어 주고 종이 옷도 입혀 주고,
화분에 뜨개질을 해서 씌우고 단추도 달아 준다.
나란히 화분을 놓으면 집이 예뻐지는 것 같다.
그 곁을 지나면 나도 예뻐지는 것 같고.
이런 마음을 누가 알아주거나 말거나.
아직도 내 마음의 나이는 비밀.

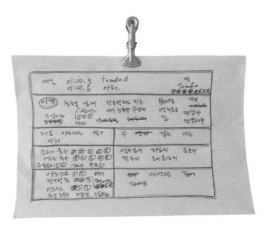

냉장고 속 지도

넣은 사람 말고 찾는 사람에겐 미로와 같은 것이
냉장고 속이다. 요리 수업의 재료와 가족의
음식 재료를 굳이 냉장고를 열지 않고도
알고 싶었다.

냉장고 속 지도라고 하기는 좀 그렇지만 시작했다.
열면 바로 보이는 문 쪽은 생략.
찬통에 담은 음식과 냉동실, 이 정도만 적은 다음
냉장고 문에다 붙여 두었다.
누구보다도 가장 많이 여닫는 내가 편해졌다.
정돈이 잘된 장롱 속이나 서랍 속처럼,
냉장고 지도라는 것을 몇 번만 써 보면
눈 감고도 단번에 꺼낼 수 있다.
물론 가족 모두에게 편하다.
냉장고 지도의 재미를 알게 되어
규칙적인 정리가 주는 뿌듯함과 편안함에
머리를 끄덕일 날이 오길 바란다.

많을수록 좋은 티코스터

자투리 헝겊을 꺼낸다.
색도 무늬도 고만고만해서 버릴까,
생각도 했었던 작은 헝겊들이다.
네모로 여러 개를 잇기도 하고,
밋밋하고 동그란 모양의 체크 헝겊에는
홈질을 넣거나 날짜를 새겨 심심함을 없앴다.
수프 그릇이나 커피잔 아래에 놓으니
보기가 괜찮았다. 촌티도 보이지만
눈길을 끄는 아기자기함도 있다.
다른 이들이 보기에도 그랬나. 하나둘,
달라는 대로 주었더니 겨우 다섯 장이 남았다.

할멈의 바느질은 꼼꼼하지 않다.
누가 바느질 칭찬을 하며 헝겊을 앞뒤로 살피면
부끄러운 솜씨를 이내 들키고는 하는데
그게 다 마음에 들었다니 다시 만든다.
막 주어도 티가 나지 않을 만큼 많이 만든다.

많을수록 좋은 티코스터를 만들면서는
몇 장인가, 세지 않기로 했다.

그거 어딨어?

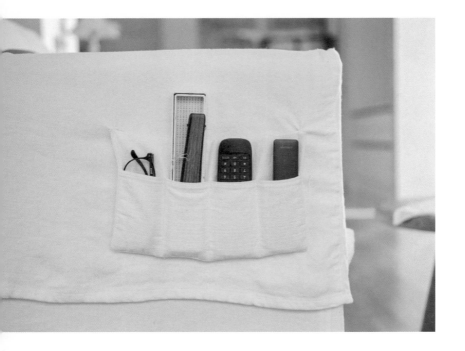

정돈되어 있는 것의 대부분이 나에게는 편하지만,

가족의 투덜거림은 감수해야 했다.

집 안 어디나 그렇지만 특히 부엌.

부엌살림의 대부분은 보이지 않는 곳에 넣는다.

그래야 보이는 곳이 통일감 있고 청결하다.

어쩔 수 없이 겉으로 드러나 있는 것에는

그게 무엇이든 커버를 덮어야 하니

찾는 이들에게는 불평거리가 되더라.

정리해서 편하다는 말은 나에게만 통한다.

하지만 어쩔 수 없다.

옛날 말로 치자면 우리 집 곳간 열쇠는 내 거 아닌가.

식구들은 묻는다.

"엄마, 그거 어딨어? 그새 또 자리를 바꿨어?"

"엄마, 리모컨은?"

"우리가 이러는 거 귀찮지 않으세요?"

나는 단호하게 대답한다.

"아니."

우리 집의 네버 엔딩 대화는 이거다.

"그거 어딨어?"

텃밭이라는 놀이터

새들이 지저귀는 소리가 부산스럽고
산고양이들이 어디선가 부스럭거린다.
산 위에서 잔가지 떨어지는 소리는
아침 텃밭에서 더욱 선명하다.

귀한 버터넛 호박인 줄 알았던 조롱박은 먹을 수가 없으니
희빈의 지위가 급강등, 숙원이 되었다가
S라인 몸매가 할멈을 유혹하니,
이번에는 숙빈으로. ㅎㅎ
씨앗을 선물로 받은 동부는 흙 탓인지, 실력 탓인지
비실비실 그래서 포기를 했었는데 산골의 비를
대여섯 번 맞더니 정신이 번쩍 들었는가 보다.
잎 하나가 할멈 손바닥만 하다. 쌈 싸 먹어야지.
얼갈이배추는 김치를 담그기에는 양이 좀 그렇고

한 끼 장터국밥은 만들 수 있겠다.

잠자리에 누워서도 텃밭 생각을 한다.

좀 더 풍성했으면. 더 많이 열매가 열렸으면.

당근이 팔뚝만 하게 자랐으면.

양배추는 왜 그러지?

가시오이는 단번에 열 개씩 땄으면.

둥근 호박도 마디마다 주렁주렁 열렸으면.

등짝에 점이 여섯 개인 무당벌레가 떼로 와 주었으면.

매일 새벽마다 비가 딱 30분씩 내려 주었으면.

이러면서 잠이 든다.

농사 바보인 할멈이 제일 잘하는 것은 물 주기.

공중으로 물살을 올리며 무지개를 만든다.

텃밭은 나의 놀이터. 여기에서 보약들이 자란다.

어린 비트 잎, 당근 잎, 오크를 잘게 뜯고

유리그릇에 담아 보들보들 쪄 낸 달걀 옆에 놓아 보기.

쿠키에 크림치즈를 바르고

매일 서너 알씩 조금씩 다른 보라색으로 익은

블루베리를 얹어 보기. 완두콩 열 알로 밥 짓기.

살면서 그런 거 해 보기.

텃밭에서 그렇게 한 조각씩, 흙 묻은 행복을 뜯는다.

버리기

버린다는 게 꼭 완전히 버리는 것만을
뜻하는 건 아니다.
'나에게서 떠나보낸다', '마음에서 떠나보낸다'의
다른 말이다. 다시 들이지 않을 각오를
다짐하는 말이기도 하고, 새로운 시작을
기대하는 말이기도 하다.

요리 수업을 할 때 한식은 한식기,
양식은 양식기에 담았다.
당연히 중식기와 일식기가 있고
후식용 그릇은 더 다양했다.
그릇을 마련하느라 지출은 컸지만
보람도 있었다. 수업료를 받는 것에 대한 예의이고
나를 신뢰하는 분들에 대한 보답이기도 했다.

그런 부엌살림들을 정리하고 싶어졌다.
그릇과 냄비 정리를 시작하기 전에는
누구에게라도 줘야겠다, 했는데
낡고 유행도 지나고 짝도 맞지 않으니
그 마음은 접었다. 매일 사진을 찍어야 하는
아들은 낡아도 좋고 많으면 더 좋다고 했고,
딸은 엄마가 쓰던 것은 다 좋다고 하니
두 아이는 단번에 그릇 부자가 되었다.
집에는 크고 작은 냄비 둘에 프라이팬 두 개,
그릇이라고는 종류별로 한 개씩만 남았다.
내 인생에 더는, 꿀맛 같은 밥맛은
없을 것 같던 때였다.

한동안 아들은 시간만 나면 여기저기를
데리고 다녔다. 속초 갔던 날, 선녀계곡
가까이 있는 작은 식당에 들어갔다.
그 집 밥상은 차돌같이 야물어 보였다.
뽀얗고 윤기 나는 쌀밥은 기본.
바깥주인은 철철이 산과 들에서 먹을 것을
직접 따 오고, 안주인이 그것으로 직접 만든
반찬은 모두 다 맛있었다.

고슬고슬하게 지은 하얀 쌀밥은
밥알 하나하나가 입안에서 침샘을 자극하며
먹는 내내 기분을 좋게 했다.

"아까 드신 밥은 냄비에 한 거예요."
그럼 그렇지. 전기밥솥에 지은 밥도,
미리 지어 담아 둔 밥의 맛도 아니었다.
"드시는 동안 그 냄비에 남은 밥으로 누룽지를 만들었어요."
주인이 공손하게 내민 누룽지는 냄비 모양 그대로,
누룽지만이 낼 수 있는 노릇노릇한 색으로,
구수한 냄새로 눈앞에 놓였다.
심 봉사 눈 뜨듯, 온몸의 식탐 세포가 단번에 번쩍했다.
밥을 지어 낸 냄비는 뜻밖에도 요즘 구박을 받는,
다 찌그러지고 노란색도 벗겨진 양은 냄비였다.
순간, 저 냄비를 하나 살까 싶다가
웃음이 났다.
세상 다 귀찮다더니, 저걸 산다고?
다 버려도 식탐은 못 버린 거네.

2장

좋았어.
맛있고,
배불렀어

아는 맛

아는 사람.

아는 장소.

아는 냄새.

아는 맛.

긴 겨울 지나

따뜻한 기운이 돌면서

훈훈한 바람이

여러 기억을 데려왔다.

사람들.

음식들.

그때 거기, 그 장소들.

모든 곳, 모든 날에
좋은 기억이 채워졌으면 싶다.

'아는 사람'은 마음의 재산일 거고.
'아는 장소'는 다시 가면
만날 수 있는 추억 상자일 거고.
'아는 냄새'는 그리움이다.
그리고 '아는 맛'은
즐거웠던 찰나까지
또렷이 되돌려주는 행복일 거다.

보이지 않는 이것들을 많이 쌓으며 살기를.
살다가 간혹 꺼내 볼 수 있도록.

밥도둑

"먹지 않는 시간은 시간이 아니다."
-『황석영의 밥도둑』중에서

어마무시한 잡초를 뽑아낸 손바닥 텃밭은
마치 너른 들판 같아 보였다.
조각조각 머릿속으로 밭 나눔을 하고
시금치, 근대, 무, 열무와 아욱 씨앗도 뿌렸다.
돌이 가득한 텃밭에 무성하기는 바라지도 않았다.
생각처럼 고만고만 그렇게 자랐다.

일찍 일어나 뽑은 아욱을 다듬었다.
내일 아침은 아욱된장국이라는 말에
모두 코를 벌렁거린다.
아욱과 된장의 힘인지, 그저 국의 힘인지.
커다란 광주리에 가득하고도
텃밭에 한 번 더 먹을 만큼이 남았다.
물에 담가서 흙이 떨어지게 하고
살살 씻어 물기를 털었다.

아욱은 마른 새우와 궁합이 맞지만
할멈네는 바지락조개를 넣어 끓인다.
멸치와 다시마를 우린 국물에 된장만 풀고,
연해서 비빌 것도 없는 어린 아욱을 넣어
숨이 푹 죽고 부드러워지도록 은근하게 끓인다.
상에 내기 전에 바로 껍질을 까서 찧은 마늘과
바지락을 넣은 다음 한소끔 끓이고
부족한 간은 소금으로 마무리했다.

아들에게 어느 날,
황석영 선생님을 좋아해, 하고 말했다.
글을 좋아한다는 건데
선생님이 좋다는 말로 들었나 보다.
"살아 봐야 알아요."
뜬금없는 명언을 한다.

선생의 저서 중에
『노티를 꼭 한 점만 먹고 싶구나』라는
책이 있는데『황석영의 밥도둑』이라는 제목으로
다시 출간되었다.
그 책에는 우리 집 것과 같은,
바지락을 넣은 아욱국 이야기가 있다.

"그를 떠나보낸 후로 나는
그와 함께 즐기던 음식들의 맛을 잃었다.
밥상에 바지락을 넣은 아욱된장국이
올라올 때면 어쩐지 수저가 무겁다."

사람의 속이 드러나는 이 문장은
다시 읽어도 가슴이 떨린다.

음식에 정성을 들이게 되면

형편이 닿지 않아 좋은 먹거리를
들이기 어렵던 오래전의 부엌살림은
반찬을 만들기에 서운한 적이 많았다.

갈비, 보리굴비, 하얗게 소금이 앉은
넓적한 대구포에 홍어 대자로 한 마리,
전복이며 살 오른 문어 같은 것,
짝으로 들이는 제철 꽃게도 그렇고,
말려서 찌면 붉은색이 더 고와지는 송어도.

있는 집 살림에 들어가는 먹거리를 보면
부럽기보다는 두근거렸다.
손이 많이 가고 시간이 들어도
언젠가는 이런 것들을 돌아가며
제철 밥상에 놓고 싶었다.

더덕도 그랬다.
귀한 식재라는 생각이 떠나지 않는다.

그래서 만질 때마다 소중하다.
더덕은 한 꺼풀을 벗겨 내지만
쉽게 칼로 벗겨도 되고말고.
옛날처럼 시어머니가 지켜보며
눈총을 쏘는 세상도 아닌걸.

껍질 벗긴 더덕을 씻어서 물기를 털고,
비닐 사이에 넣어 칼등으로 콩콩 찧는다.
길이는 손가락 하나 정도. 이보다 작으면
부스러기 같아서 모양이 안 난다.

참기름에 애벌로 버무리고 양념은 따로.
그 둘을 냉장고에 넣어 둔다.
상을 차리며 바로 새콤달콤하게 무친다.
창가에서 키우는 움파나 쪽파를 쫑쫑 썰어 넣고
깨소금은 듬뿍, 참기름은 더 넣지 않는다.
더덕은 물도 생기지 않고 쩡하게 맛있다.
고급 먹거리로 생채를 만들다니, 이러면서
반찬의 폭이 넓어진 것에 뿌듯해했었다.

음식 만들기에 정성을 다한다는 것은
내 시간에, 내 삶에 정성을 들이는 일과 같았다.

나의 해방일지, 그 시작

세상 쉬운 달걀찜이 있다. 미지근한 물에
다시마만 우렸다가 사용해도 OK.
멸치나 가다랑어포를 우려도 OK.
전자레인지가 없어도 OK.
찜기가 없어도 OK.

냄비에 육수를 달걀과 같은 분량으로 넣어
새우젓이나 소금으로 간을 하고 끓인다.
육수가 끓으면 풀어 놓은 달걀을 넣으며
자그마한 손 거품기로 저어 익힌다.
그러다 보면 거품기가 뻑뻑해진다.
이쯤에서 멈추고 뚜껑을 덮은 뒤 1분 후에 불을 끈다.

뚜껑을 열면 살포시 부풀어 오른
병아리색 달걀찜 위로
카푸치노의 거품 같은 것이 살짝.
신난다.

한두 숟갈 먹다 보면 국물도
얌전하게 생기니 떠먹기도 좋다.
입안에서 퍼지는 부드러움이 달지 않고 건강한
카스텔라의 맛이라면 좀 오버인가.

여고를 졸업하고 봄이 왔다.
대학 간 친구로부터
5월의 축제에 초대를 받았다.
회사에 월차를 내고 갔다.
신날 것 같던 마음과는 다르게,
행사 준비로 부산하게 움직이는
또래의 여대생들과 초록빛 잔디가
눈부신 캠퍼스를 보는 순간
가슴이 무너져 내렸다.
재미도 없이 벌써 인생을
다 살아 버린 것 같았다.
그 후로 회사 생활도 재미가 없어졌다.

어느 날, 회사의 회식에서 달걀찜을 먹었다.

고급 일식당이었다.

입안에서 사르르,

그런 부드러움은 난생처음이었다.

작은 그릇의 온기도 꽤 오래 느낄 수 있었다.

이걸 만들어 볼까.

달걀찜에서 희망 같은 것을 보았다.

달걀찜을 만들 때마다

그날의 두근거림이 잊히지 않는다.

꿈꾸는 할멈의 해방일지는 어쩌면

그날, 그 병아리색 달걀찜에서

시작되었는지도 모르겠다.

친구 생각

아버지는 매포라는 곳에서 몇 해 동안
월급 의사를 두고 병원을 하셨다.
방학이면 혼자 서울역에서 중앙선
완행열차를 타고 매포로 갔다.
그곳에 가면 바로 옆집에 사는
동갑내기 친구부터 만났다.

거기서 지내는 동안은 거의
친구 집에서 먹고 자고 살다시피 했다.
동그라미 모양의 모기향을 켜고,
놋숟가락이 꽂혀 있는 작은 방문을
활짝 연 채로 잠이 들었고,
낮에는 미꾸라지와 쏘가리를 몰러
팬티 속에 치마를 욱여넣고
좁은 개울을 맨발로 뛰고는 했다.

분이 폭폭 앉은 찐 감자를 싸 들고
산으로 들로 뛰었고, 덜 익은 깜부기를
괜히 맛보고 뱉으며 재미있어했었다.

밤이면 멍석에 누워 별을 보았고,
방문의 둥근 쇠 손잡이에 손이 쩍
달라붙는 한겨울에는 방 안에서 얼굴만 내민 채
솜이불을 뒤집어쓰고 좋아했었다.
하얀 심지로 바꾸고 기름을 채워 불을 붙이면
점점 노란 빛으로 환해지는 호롱불.
그 아래서 만화책도 보았다.

그때의 방학은 내 어린 시절의
'인디언 서머'였던 것 같다.

몇 해 지나 내려간 매포에 그 친구가 없었다.

〈굿바이 옐로 브릭 로드(goodbye yellow brick road)〉
뜻도 잘 모르는 이 팝송을 처음 듣던 날부터
'yellow'라는 단어 하나에 불현듯
그 친구 생각이 났다.

마른 꽃과 단풍잎이 끼워진
창호지 너머로 본 아침의 햇살도,
언 손 호호 불던 칠흑 같은 겨울밤의 호롱불도,
계곡의 작은 바위에 서서 명태처럼
빼빼 마르라는 노래를 부르며
고무신을 털면 허공으로 날아가던
물방울과 햇빛의 만남도,
전부 다 찰나처럼 반짝이는 노란 빛 같았다.

그리운 친구야.
무조건 건강하게 잘 살고 있기를.
노란 귤 주스를 만들다가 네 생각이 났어.

2%의 남자

내가 유독 자두를 좋아하게 된 것은
아들을 임신한 뒤 시달렸던 입덧이
가라앉기 시작하면서부터였다.
큰돈이 드는 과일은 아니었지만
큰살림에 늘 바빴고, 한가하게 앉아
혼자서 뭘 먹기도 좀 그렇다 보니
잘 먹은 기억이 없어서인지
지금껏 좋아하는 과일이 되었다.

"내년이면 우리가 만난 지 50년째야."

할아범이 자두를 보송보송 닦아 주며
다정하게 말했다. 그걸 기억하다니,
순간 놀랐고 조금은 감동도 되었다.

할아범과 나는 100 중 98이 로또처럼 안 맞았지만
남은 2%는 괜찮았다.

무엇보다 할아범의 다정다감이 아주 대박이었다.

새해 달력을 받으면 제일 먼저 날짜를 찾고

올해는 당신 생일이 이때네, 하면서 꼭 챙겨 주던 사람이었다.

할아범은 회사 동기의 소개로 만났다.

부잣집 아들이라 하니 솔깃했다.

회사를 다니는 동안 신세 지고 있던

친척 집은 싸움이 잦았다.

늘 좌불안석이었으나 시집도 안 간 처자가

독립을 한다는 건 꿈도 못 꾸던 시절이었다.

출근을 하려고 나선 문 앞에서

담벼락에 기대어 밤을 새운 할아범을 보았다.

얼굴이 홍당무가 된 나의 손을 꼭 잡고

회사까지 데려다주었다.

나중에 가서야 참 이상한 오빠이고,

친구는커녕, 든든한 신랑도 아니어서

뭔가 속아서 결혼을 한 것 같았지만,

그날 그가 했던 말은 지금도 또렷하다.

절대 변하지 않을 듯 진실된 목소리로 오빠도 되어 주고,

친구도 되어 주고, 신랑도 되어 주고,

울타리가 되어 주겠다는 약속을 해 주었으니까.

할아범은 우리 만난 지

50년 되는 해를 한 해 앞두고,

49년이 되던 해에 떠나 버렸다.

집밥의 힘

매운 것과 그렇지 않은 것으로,
바로 만든 반찬과 마른반찬으로.
제철의 식재들을 쟁여 두었다.
평범한 반찬이라도 어른이 먹을 것은 칼칼하게,
애들이 먹을 것은 순하게 만들었다.

달달하고 바삭한 멸치볶음은 아이들 거.
바삭하게 구운 국물 멸치의 배를 갈라
대가리와 내장을 뗀 다음, 저며 썬 마늘과
청양고추 서너 개를 잘게 썰어 넣어
고추장에 버무리면 어른 거.

달걀찜과 달걀말이는 어른 아이 할 것 없이
다들 좋아했다. 쫄깃하게 삶은 소면에
삶은 달걀과 송송 썬 김치, 고소한 통깨를
얹어 낼 때는 오이를 넣어 돌돌 만
꼬마김밥 한 소쿠리를 덤으로 놓아 주었다.

아들은 굴비를 좋아했고 딸은 말린 가자미.
할아범은 생선 살을 발라 애들과 할멈 밥 위에
얹어 주기를 좋아했다.
부녀지간은 비벼 먹기를 좋아했지만,
모자지간은 따로 먹기를 좋아했다.
살면서 식성을 알아 가는, 그것도 참 좋았다.
애들은 어딜 가도 집밥으로
기가 죽어 본 적이 없다고 한다.

요리 선생으로 사는 동안 여러 사람의 삶,
그 여러 곳을 보고 기웃거렸다.
부러우면 지는 거라는데
부러운 것이 겁나 많으니
사는 것에 맥 빠지는 날도 많았다.
하지만 나의 시간을 나대로,
정성껏 잘 살아 내고 싶은 마음은 굽히지 않았다.

몸뿐만 아니라 마음에도 힘이 있고,
마음의 힘도 아주 세다는 것을
애들이 알게 하고 싶었다.
무엇보다 내가 가장 잘하는 음식으로 그 힘이
길러지도록 응원하고 싶었다.

작지만 설레는 세상, 부엌

봄이 오면 대청소를 하고 철 갈이
옷 정리를 해야 하는 것처럼
묵은 곡식도 손질해야 한다.
훈훈한 봄바람에 이어
뜨끈한 여름 바람이 불면
묵은 곡식에는 벌레가 꾀기 시작하고
수분이 말라 맛도 덜해진다.

무엇보다 봄에는 꼭 묵은 기장쌀로
밥을 짓는다. 기장쌀은 물을 조금 넣어
충분히 비벼서 여러 번 씻고 30분 이상 불린다.
그런 후 채반에 쏟아 물이 빠지면
먹을 만큼씩 봉지나 통에 담아서
햇기장쌀이 나올 때까지 냉동한다.

기장쌀은 알이 작아서 멥쌀과 섞어
밥을 지으면 아래로 가라앉는다.
멥쌀을 먼저 솥에 넣고 밥물도 넣고
기장쌀은 위에 얹는다.

전기밥솥으로 밥을 지을 때와는 달리
뚝배기나 돌솥에 지을 때는 보글보글
밥물이 끓으면 바닥을 가볍게 긁어서
밥알이 달라붙지 않게 하고,
물이 잘박해지면 약한 불로 줄인다.
10여 분간 뜸을 들인 뒤에 불을 끄고
다시 10여 분을 두면 완성이다.
이제 고르게 섞어서 밥그릇에 담는다.

봄이 오기 전, 밥상에서 미리
개나리꽃을 그려 본다. 노란색의 묵은 기장밥을
밥상에 놓는 날에는 묵은 김치는 놓지 않는다.
속심이 길고 헐렁한 햇배추로 김치를 담그고
잘 익힌 후 곱게 썰어 밥상에 놓으며
음식의 때를 맞춘다.

먹는 식구들은 잘 모르지만 한결같이
신경 쓰며 살아온 습관이다.
일 년 열두 달의 밥상을 머릿속에 그려 보며
계절 음식들의 때를 놓치지 않으려 했고
뭐가 어울릴지, 음식을 만들면 색은 어떨지,
맛은 또 어떨 건지 상상했다.
그릇을 고르고, 그 안에 담긴 음식을
미리 떠올리면서 두근두근.

이 모든 기쁨은 작지만 재미있고 설레는
작은 세상, 바로 나의 부엌이 있기 때문이다.

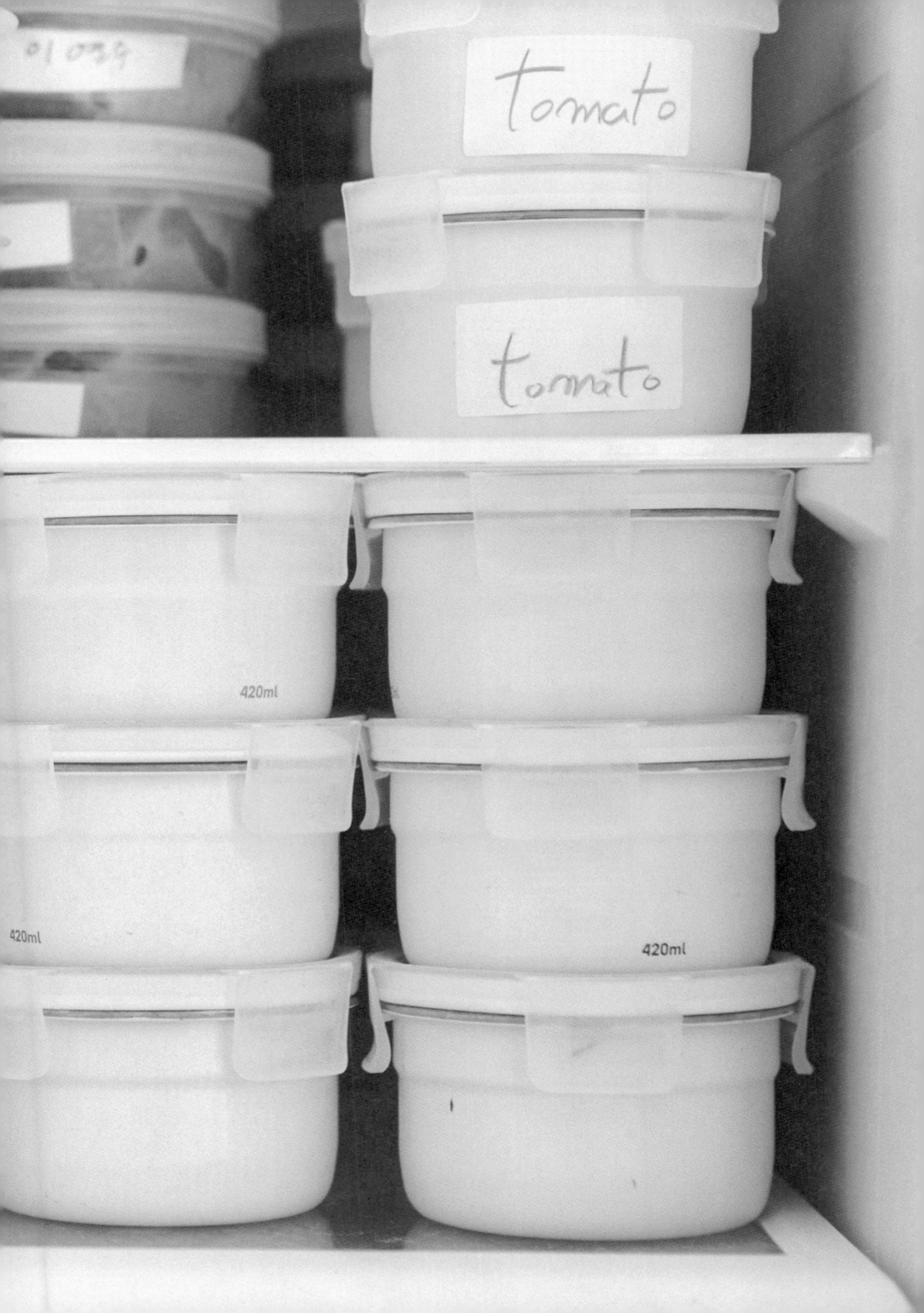
tomato
tomato
420ml
420ml
420ml

친할머니

키워 주신 친할머니는 키가 작고 미인이셨다.
참빗으로 머리를 빗어 야무지게 말아서
쪽을 짓고 한 냥짜리 금비녀를 꾹, 꽂으셨다.
할머니 생각을 하면 가끔 그 금비녀는
어디로 갔나 궁금하기도 하다.

깐깐하고 깔끔하고 말수가 적으셨다.
검은 비닐봉지를 들고 뒷짐을 진 채로
앞서 걸으시는 뒷모습은
단정하고 꼿꼿했다.
손재간이 좋으셔서 뜨개질도,
바느질도 잘하셨다.
웬만한 옷이나 한복도 직접 지으셨는데
할머니가 만들어 주신 버선은
겨울나기에 그만한 것이 없었다.
할머니의 음식에는 꼭 장식이 있고,

각이 있고, 무엇보다 별스럽게 이뻤다.
빈대떡만 해도 그랬다.
팬에서 돼지비계가 녹아내리는 찰나,
맷돌에 간 녹두를 올리고는 고명을 얹어
가지런하게 각을 맞추곤 하셨다.
두께도 크기도 일정하게,
마치 기계로 찍은 듯이 전을 부치셨다.
밀전병도 잠자리 날개처럼 얇고 넓게,
꽃 당근과 쪽파, 석이버섯이 올려져
그림 같았다.

순두부, 모두부, 순대 만들기도 그렇지만
한겨울의 김치말이밥은 평안도 음식의 지존.
땅을 파고 묻은 항아리에 겨울 김치를 담고
보름쯤 지나면 쇠고기 사골과 양지로
육수를 우리셨다. 영하 14도를 오르내리는
마당에다 육수를 내놓고선 한나절을
기름을 굳히고 걷어 낸 후에
새우젓으로 간하고 거즈에 거르고
말도 못 하게 정성을 쏟으셨다.

항아리에 씌운 거적을 들춘 다음
그 아래의 항아리 뚜껑을 열고, 우거지가 가득 덮인
김치 위로 육수를 부으셨다.
그렇게 보름이 지나면 항아리 위로
고깃국물과 잘 섞인 연한 김칫국물이
가득 고인다.
할머니의 평안도식 김장 김치는 예술이었다.

겨울, 저녁을 먹고 남은 밥은
소쿠리에 담아서 담장 위에 얹어 차게
얼리곤 했다. 긴 겨울, 거의 매일
김치말이밥을 먹었다. 언 밥에 김칫국물,
그 위에 쫑쫑 썬 김치를 얹고
참기름 딱 두 방울, 이게 김치말이밥이다.
한겨울 내내 식구들의 눈을
번쩍 뜨이게 했던 음식이었다.

그립다.

영하 14도보다 더 차갑고 사이다보다

더 찡했던 할머니의 김치말이밥.

외로우셨다.

할아버지는 한글을 못 깨친 할머니를

무식하다 내려보았다.

주무실 때는 늘 베개를 반대로 했다.

아버지보다 할머니와 보낸 시간이 더 많으니

손녀 사랑이라 철석같이 믿었으나

자식을 낳아 키우고 나이가 들어 보니

어린 색시와 새살림을 차린 당신의 아들을

편히 살게 해 주고 싶었던 것 같다는 생각도 든다.

나의 사촌들은 할머니 목소리가 들리면

나오던 똥도 도로 들어간다 할 만큼 벌벌 떨었지만,

나는 할머니가 무서운 적 없었다.

나와 함께 살기가 어려운 때는
친척 집으로 더부살이를 보내시며
알려 주셨던 주의 사항들이 지금껏 참 선명하다.

"빨래를 할 때 비누칠을 한 다음에는
물을 끼얹으며 비비지 마라.
빨래는 수월해도 주정뱅이 남편을 만난다."

동네는 늘 시끄러웠다.
밤이면 거나하게 취한 아저씨들의 고함과
노랫소리가 빠지지 않던 시절이었다.
결혼해 살면서 할아범의 술 때문에
고생해 본 적은 없으니 할머니의 주의 사항 중
이것만큼은 명심했던 모양이다.

할머니와 한집에 사는 동안은
할머니 치마를 놓지 않았다.
그때 눈동냥, 귀동냥으로 온갖 음식과
살림의 사계절을 배운것 같다.

고등학교 때였다.

잠자리에 드는 할머니가 웃옷을 벗고,

허리에서 뭔가를 풀기 시작하셨다.

빙빙 두 바퀴쯤 돌리고 나니 애기 이불만 한

것이 나왔다. 그것을 털어 개키고 옆에 놓으시는 모습에

너무 놀라서 아무 말도 할 수가 없었다.

할머니의 허리는 마치 반으로 꺾인 듯 굽어 있었다.

세상 좋은 거 다 해 드리고 싶던

처녀 적 마음과는 다르게

은혜 갚기는 시작도 해 보지 못했다.

결혼을 하고, 큰살림을 맡아 쩔쩔매던 중에

세상을 뜨시고 말았다.

황지

완행열차라고 해도 서울역에서 탔으니
창가에 앉을 수 있었다.
중앙선 완행열차는 역마다 섰고,
역 이름을 모두 알게 되었다.
빠르게 지나는 창밖 경치와
역마다 내리고 타는 사람들을
구경하는 재미가 좋았다.

큰아버지가 임무소장으로 계시는
황지에 가고는 했다.
열차 맨 끝 두어 칸에 석탄이 실린
태백선을 영월에서 기다려 갈아탔지만
혼자라고 무서웠던 기억은 없다.

황지나 삼척의 친척 집은 언제나
사촌들 싸우는 소리와 어른들의
야단치는 소리로 불이 난 호떡집 같았다.

하지만 싫지 않았고,
그 속에 섞인 것만으로도 좋았다.

큰엄마는 내가 왔다고 인절미를
뽑으셨다. 차지게 늘어지는
뜨거운 인절미에 어린 할멈의 혀도
턱까지 늘어졌다. 낡고 커다란 나무 도마에
콩가루를 뿌리고 길게 썬 인절미를
턱 올린 다음, 쓱쓱 물 바른 칼로 잘랐다.
서너 개 집어 먹고 뛰어나가는 사촌들과 달리
나는, 물장구를 치고 놀면서도
그 인절미 생각이 떠나지 않았다.

전기도 없던 시절, 호롱불마저 꺼지면
밤은 마치 먹지를 내 눈에 붙여 놓은 듯,
칠흑 같았다. 한 치 앞도 보이지 않는데
남은 인절미는 다락에 있었다.

대여섯 번쯤, 질끈 눈을 감았다 뜨니
조금 흐리지만 주변이 보였다.
식탐의 힘으로 더듬고 더듬어
손끝에 감각을 모아서 다락으로 올라갔다.
요즘처럼 문이 있거나 계단이 있는
다락도 아니었다. 천장에 뚫린 구멍에
사다리를 걸쳐 놓은 방이었다.
발을 헛디뎌 사다리 사이에 끼어 걸리면
아래에서 자는 사촌들 위로 떨어질 판이었다.

떡판이 보였다.
면보를 들추고 얼마를 뜯어 먹었더라.
목이 메어 죽지 않은 게 다행이었다.

이튿날 낮, 얼굴에 땀범벅을 하고
들판을 뛰다 들어오니 몹시도 큰소리가
내 귀에 들어와 쏙 박혔다.

"아니! 어느 쥐가 밤새 인절미를 다 먹었대?"

먹을 만큼의 인절미를 굽고 단아한 그릇에 담아
우아한 자태로 먹다 보니 황지 생각이 난다.
다락의 인절미 생각이 난다.

좋았어.
맛있고,
배불렀어.

몸에 안 좋아도 좋아해

그때는 토마토가 과일이던 시절이었다.
그 집 딸은 납작하게 썰어 솔솔,
하얀 설탕을 뿌린 토마토를
먹고 있었다.
문을 열자 화들짝 놀라는 모습에 나도 이내
얼굴을 돌렸었다. 어린 마음에도 그러려니,
이해가 되었던 건 또 뭔지.

손바닥 텃밭 농사를 시작하고부터는
종류별로 토마토를 키운다.
일 년에 두어 번은 설탕에 버무린
토마토를 한 공기씩 먹는다.
그때 그 집 식구들의 유치한 몰래 먹기가
이해되고, 웃음도 나기는 하지만

아무 일도 아닌 듯
얼굴을 돌리던 어린 할멈이
떠오르면 끝까지 쿨해지진 않는
뒤끝 긴 꿈할멈.

기억과는 상관없이 설탕에 절여
나른해진 토마토는 비리지 않아 맛있고,
달큰한 국물도 맛있다.
몸에 안 좋다고 해도 좋아한다.

엄마의 음식에는

맛있는 음식 만들기는

하루아침에 되는 것이 아니다.

달걀 비린내 나.

짜. 싱거워.

먹기만 하는 사람들은 쉽게 말하고,

음식을 만든 사람은 기가 죽는다.

달걀탕을 끓일 때, 소금으로만

맛을 내면 색은 곱지만 비린내가 더 심해졌다.

그렇다고 양조간장과 국간장을 쓰면

국물이 탁하네, 같은 말을 들어야 했다.

마늘이나 생강, 양파를 넣으면

비린 맛은 줄었지만 달걀 사이사이에서

티를 내고 있으니

양념을 즙으로 만들어 넣기 시작했다.

새우젓은 으깨서 넣지만, 까만 눈알은 어쩌나.

어느 날, 아주 해맑은 눈으로 딸이 말했다.

"엄마, 새우가 쳐다봐."

달걀은 그저 풀어서만 만들다가
참기름이나 들기름을 서너 방울 넣고서
체에 내리기 시작했고 마늘과 생강, 양파,
새우젓을 모두 넣고 버섯 가루와 다시마,
구운 멸치를 합해서 한소끔 끓이고 체에 거른다.
여러 재료는 끓으면서 좋은 맛을 남겼다.
맛내기 합동 작전이 성공을 했다.

그 육수는 여러 날을 보관해 두고
국물 음식에 사용한다. 음식의 색이
진하면 조금씩 넣어 희석을 하고
간이 세도 그 육수를 넣어 조절을 한다.
음식을 만들며 먼저 맛을 본다.
맛있네! 하는 내 목소리를
먼저 들어야 한다.

특히나 달걀탕은 국물이 넉넉하면
국이나 찌개처럼 떠먹기가 좋았다.
달걀을 넣기 전, 국물에는 두부나 호박,
명란, 새우를 작게 잘라 넣기도 했다.

포르르, 달걀이 완숙으로 익기 바로 전에
제철 부추나 대파 등을 넣기도 한다.
식구들의 음식 타박을 새겨들으면 식성이 보인다.
실패의 반복은 실력으로 바뀌게 된다.

엄마 음식 속에는 이런 게 있다.
꽃향기 날리던 봄날의 저녁 짓기.
비바람 치던 날의 장보기와
제철 식재료를 다듬어 말리는
명품 가을 햇살도. 동태찌개 끓는 부엌에서
눈 내리는 창밖을 내다보는 잠시의
여유 같은 것도 숨어 있다.
그리고 일상의 웃음과 한숨, 고단함에
식구들의 다정함, 때론 서운함까지도
고스란히 담겨 있다.

간단해 보이는 달걀탕 하나도 그렇다.
가족들은 감사해야 한다.

폭풍의 언덕

아버지는 60년 전쯤, 매포에
병원을 내고 온 힘을 다했지만
운이 없었다. 월급 의사가
아편중독자인 것을 모르셨다.
한일시멘트 지정 병원이 되려고
애쓰셨지만 결국 되지 못했다.

서울 상경 후, 몇 해를 뜬구름 잡으며
지내던 아버지는 할머니가 마련해 준
마지막 쌈짓돈으로 봉천동 산꼭대기에
작은 집을 마련했다. 내 거처도 거기로 옮겨졌다.
종점에서 내려 다시 한 시간을 걸어가야 하는,
비라도 오면 진흙에 빠진 발을 한 발씩 빼며
걸어야 하는, 이른바 꼬방동네였지만

부모님과 함께 지내는 것이 참 좋았다.

그곳에서 차차 동네 어른들과 친분이 생기자
새엄마는 '계'라는 걸 시작하고 일 번으로
목돈을 탔다. 그 돈으로 아버지는
시계 도매를 시작했는데 그마저도
사기를 당해 모두 잃고 말았다.
더는 곗돈을 낼 수 없었던 모양이다.
어느 날. 집도 두고, 나도 두고,
두 어른은 야반도주를 했다.

아무도 없는 집에 혼자 남았다.
쌀, 고추장, 감자는 있었다.
감자를 넣어 고추장찌개를 끓여 먹었지만
차비가 없으니 학교는 가지 못했다.
열흘이 지나자 담임선생님께서 친구를 보내셨다.
구글 지도도 없던 그 시절에
친구는 용하게 우리 집을 찾아왔고
버스 회수권 열 장을 건네주고 돌아갔다.
그 후, 그 아이와 나는 절친이 되었다.

살던 집과 살림살이가 빚잔치로 모두 사라져
내 거처는 다시 친척 집으로 옮겨졌다.
그때가 여고 2학년이었다.

생리도 시작하기 전, 열한 살에 순결을 잃었었다.
다시 옮겨 간 새 거처가 바로 그 집이었다.
그 집 방문은 한쪽만 열리는 미닫이였다.
첫날 밤을 뜬눈으로 새운 다음 날,
학교에서 대나무 총채를 하나 챙겼다.
미닫이 한쪽의 문지방 틀에다
총채를 끼워 보니 다행히도
문은 열리지 않았지만, 너무나 불안하고
무서워서 눈물이 하염없이 쏟아졌다.
그때 교과서보다 더 곁에 두었던 책이 있다.
『폭풍의 언덕』이었다.
왜 그 책이었는지, 지금도 잘 모르겠다.

반년 후 겨울, 다시 할머니와 살게 되었다.

짠지의 맛을 아세요?

김장철 즈음에 이르게 나왔다가 사라지는,
자그맣고 야문 '천수무'라는 게 있다.
그 무의 무청은 떼어내고 무만 사용한다.
커다란 통에 씻은 무를 담고 하얀 천일염을
무 부피만큼 넣는다. 물도 소금만큼,
무만큼 넣는다. 돌로 꽉 눌러서 무가 허공으로
뜨지 않게 해야 한다.

겨우내 실온에 두었다가
이듬해 봄이 지나고 여름의 기운이 후끈해지면
그때부터 먹기 시작을 한다. 꼭 한여름에
먹어야 맛있다. 물에 담가 짠 기를 우리고
물김치나 무침을 만든다.
고 박완서 선생님의 단편「대담한 밥상」중
친구에게 밥상을 차려 주는 대목에서,
또 일제시대 두 어린 소녀의 이야기인

영화〈눈길〉에도 짠지 이야기가 나온다.
어린 할멈의 한여름 반찬도, 오이지 아니면 짠지였다.

일정하게 채를 썰어 짠 기를 우리고
그릇에 물과 함께 담은 뒤 쪽파를
셀 수 있을 만큼, 약간 넣었다.
식은 쌀밥 한 공기와 아삭한 짠지에 국물까지
다 마시고 일어서는 손녀의 머리를
다정하게 쓸어 주던 할머니.

짠지는 꾹 누르는 아픔 같은 맛에다
그리움을 더한 맛. 지워지지 않는 시간을 가진
꼰대라떼들의 마음속에서 군둥내 나는
추억의 맛이기도 하다.

생일 미역국

"마른미역은 불리면 스무 배는 불어.
요새는 그래도 미역에 돌은 없더라.
당신, 그건 기억하지? 아들을 낳은 그해 겨울에
귀한 털게가 들어왔었는데 생각나?"
할아범에게 물었더니 픽 웃으며 돌아선다.

"불린 미역은 두어 번 씻고 소쿠리에
잘 담아서 물을 빼야 돼. 쇠고기는
국거리라고 하는 건데 물에 30분 정도
담가 두면 핏물이 좀 빠져. 아무리 귀찮아도
생일 미역국에는 썬 고기 넣는 거 아냐.
미역도 그래. 미역이 길다고 칼로 잘라 넣으면
단명을 한댔어. 친할머니가 그러셨어.

좀 넉넉한 냄비에 손으로 잘라서

미역을 넣고 고기를 얹어.

참기름이랑 국간장을 넣어야 해.

뚜껑을 덮고 잠시만 강불로.

봐봐. 고기가 겉만 익었지?

이제 미역이 잠기게 물을 넣고 끓여.

시간이 좀 걸려. 불 줄여야 해.

아마 한 시간은 기다려야지.

그렇게 오래 걸리냐고?

미역국은 그나마 쉬운 편이야.

봐봐. 미역 색이 원래보다 연해졌지?

이제 국간장으로 훗간을 할 거야.

고기도 부드럽게 익었으니까 식혀서

절대로 가늘게 찢고 국간장, 마늘 다짐,

참기름으로 무치는 거야.

파는 안 돼, 미역국에는 파 넣는 거 아니야.

봤지? 맛있지?"

언제부터인지 기억은 없지만 할아범은

미역국 끓이기를 배우고 싶다고 했다.

아마도 그 후가 아닐까.

친정이 없는 것이나 마찬가지인 나는

첫애를 낳고 사촌들과 친했던 친척 집에서
삼칠일을 보냈다. 세탁기도 없던 시절이었다.
서민 아파트였으니 온수가 있기를 했을까.
게다가 그때는 거즈로 만든 기저귀였다.
신세 지는 것도 그렇고 해서
빨래는 내 손으로 해 널었다. 1월이었다.
지금은 참배 맛 같은 아들이지만,
그때 벌써 사춘기 생떼를 당겨서 부렸던 건지
시간마다 깨고, 깰 때마다 생글생글 웃으며
쉬를 싸 대는 통에 기저귀가 아침마다 산더미였다.

삼칠일이 지나 집으로 오니, 그리
불편한 것은 없었어도 할아범은 마음이
좋지 않았던지 한겨울의 귀한 털게를 삶아
살을 파내어 그것으로 뽀얀 미역국을 끓였다.
어른들의 눈총을 따발총으로 받으며
꿋꿋하게 끓인 털게 미역국은 대박 사건이었다.
한껏 신난 몸짓으로 먹으라며 내민 국에
쌀밥을 말아서 크게 한입을 먹었다.
모래밭에서 입을 한껏 벌린 채 코를 박고
넘어지면 그럴까. 입안이 우적우적 돌밭이었다.
그 시절의 마른미역에는 돌이 참 많았다.

불린 미역을 열 번을 넘게 씻어도
국에서는 드물지 않게
돌이 나오곤 했었다.

그 후로 애들 생일날, 할멈 생일날은
서툴지만 미역국 끓여 주기를 잊지 않았고
국을 내밀며 하던 말도 늘 똑같았다.
"아들 낳느라고 수고했네."
"이쁜 딸 낳아 줘서 고맙네."
"당신 만나서 참 좋네."

어떻게 해도 부족한, 엄마 마음

내 엄마와 맺은 이생에서의 인연은
딱 한 살까지였다. 크고 작게,
셀 수 없이 아프게 겪은 '엄마의 부재'로 인해
나는 좋은 엄마 되기를 꿈꾸며 자란 것 같다.

막상 결혼을 하니 그 대가족은 기상 시간도 서로 다르고
등하교 시간과 출퇴근 시간도 달랐다.
새벽 네 시부터 연탄불에 밥을 짓고 국을 끓이며
도시락을 준비했다. 들이고 나오는 밥상만 해도
하루에 열 번 이상, 간혹 자다가도 일어나
밥상을 차리고는 했다.

세탁기가 없으니 자줏빛 고무 대야에
가득한 옷을 사시사철 다리에 쥐가 나도록
쭈그리고 앉아 손빨래로 마쳤다.

그러면 점심시간이 코앞이었다.
직접 반죽해 밀어서 끓인 칼국수가
점심의 태반이었다.
이불 홑청을 뜯고 풀 먹이고 밟고,
다시 돗바늘로 꿰매야 했다.
밤이면 밤마다 야식으로 국수 삶기,
여름철에 열무는 주일마다 열 단.
시장 아저씨는 번번이 놀라워했었다.
김장은 배추 세 접에 동치미 한 접,
지레김치로 총각무 스무 단.

키워 주신 할머니는
남편 밥은 누워 먹고 아들 밥은 앉아 먹고
사위 밥은 서서 먹는다고 알려 주셨지만
결혼 생활의 고단함 속에 이 말씀이 떠오르면
할머니가 뭘 모르신 거 아닌가, 싶었다.

주민등록증을 다시 하던 시기에는
열 손가락에 지문이 없어서 만들지 못하고
여섯 달 후에 다시 갔지만
뭐 달라질 게 없는 생활에 지문이 나오겠나.
젊은 할멈 얼굴과 손을 번갈아 보던
동회 아저씨는 그냥 지문이 나오지 않은 채로
주민등록증을 발급해 주었다.

느닷없이 감기에 걸려 버렸다.
몸이 아플 땐 기력이 줄어도 기억력은
더 생생해진다. 잠을 설치고 새벽 등을 켰다.
이런저런 생각이 지나간다.
아들에겐 큰살림하느라,
딸에겐 요리 선생하느라,
항상 부족한 엄마였다.

정성을 다해도
늘 부족한 것 같았다.

삶은 참 맛있는, 현재진행형

냉장고보다 더 저장력이 뛰어난 겨울 창가에는
마른 먹거리가 풍성해진다.
새송이버섯을 말려서 가득 담고 양송이버섯도.
꾸덕하게 말린 고구마, 껍질만 잘게 잘라 말린
무말랭이와 짤막하게 잘라 말린 시래기도
병에 담아 놓는다. 구운 멸치와 다시마는
터줏대감처럼 자리를 지키고 잔멸치, 중멸치는
서로 시기를 나눠 자리를 채운다.

모아 둔 건조제를 병마다 서너 개씩 넣는다.
우중충한 색이 대부분인 마른 먹거리
사이사이에 나 보기 좋자고 말린 홍고추도
병에 담아 놓는다.

가득 채웠다가 그 병들을 비워 간다.
누가 알아주거나 말거나!
하루하루의 부엌살림이란 어쩐지 놀이 같다.

3장

숨 쉬듯
감사한
매일의 밥

이 장에 나오는 레시피는 4인 기준입니다

우렁각시 오시는 날

일주일의 반찬이 될 재료들이 있다.
장을 봐서 집으로 돌아오면 일단,
신문지를 쫙 펼치고 그 위에 전부 올린다.

한쪽에서는 물을 끓이며 데칠 준비를 하고,
다듬고 씻은 것은 커다란 양푼에 모아 담는다.
그때부터 자르거나 채를 썰거나 크고 작게
조각을 내고 통에 나누어 담는다.
쉬 상하는 나물과 국을 끓일 채소는
데치고 식혀서 물과 함께 밀폐 용기에 넣는다.

우엉과 연근, 감자는 반찬 만들기의 필수 항목.
껍질을 벗겨 물에 담가 두면 끼니마다 수월하다.
알맞은 용도로 재료를 다듬는 데는
서너 시간 정도가 걸린다.
한쪽에서는 달걀을 삶아 달걀장,
또 한쪽에서는 고기를 삶은 뒤 반은 장조림,
반은 수육이나 냉채용으로 얼려 두고는 한다.

고기 삶은 국물은 식혀서 기름을 걷어 내고
얼려 두었다가 갖은 국물 요리의 육수로 준비한다.
동치미와 섞으면 물냉면의 육수도 거뜬하다.

요모조모 필요한 당근은 여러 모양과 굵기로
썰어서 담아 둔다. 단호박도 썰어서 씨를 뺀 후
반은 쪄서 냉장, 남은 반으로는 아예 죽과 수프를
만들어 식히고 그릇째 가열할 수 있는
스테인리스 용기나 법랑 용기에 담아 냉장 혹은 냉동을 한다.
양배추는 버릴 것이 거의 없다.
채를 썰 때 나오는 조각은 소금물에 데치고
채소볶음이나 수프, 볶음밥, 국수에 넣는다.
양상추 겉대도 버리지 않는다.
한 장씩 뜯고 소금물에 데쳐 식혔다가 먹으면
양배추쌈보다 더 맛있어서 깜짝 놀랄 거다.
양파는 껍질을 벗기고 채로 썰거나 깍둑썰기 하는데
남은 것은 빵을 사면 담아 주는
누런 종이 봉투에 담아 냉장고에 넣는다.

대파를 뿌리 있는 것으로 구입했다면
뿌리 쪽에서부터 10센티쯤 되는 곳을 툭 잘라
물에 담가서 키우면 요긴하다.
쪽파나 미나리도 마찬가지다.
대파의 윗부분은 길이 5센티 크기로 썰어 데치고
물에 담가 두었다가 국에 넣는다.
뿌리 쪽은 크기와 굵기를 다르게 썰어
용도에 맞게 사용을 한다.
겁나 든든하고 뿌듯한 멸치 육수는
우렁각시 그룹의 우두머리다.
구운 멸치와 다시마를 넉넉하게 넣고
봄에는 햇양파, 무가 맛있는 가을에는
두툼하게 썬 무 한 덩이를 넣어 우리고 거른다.
그야말로 '찐 육수'가 된다.

다듬고, 씻고, 데치기와 삶기까지
시간을 계산하며 만들고 식히다 보면
비슷한 시간에 일이 마무리가 된다.
큰 쓰레기 나오는 일이 거의 없고
나중에 따로 다듬을 채소가 없으니
냉장고 안쪽도 모양 나게 깔끔하다.

가족 음식을 위한 밑 준비는 젊어서부터 해 왔다.

이러는 것이 편했다.

갖은 용기를 꺼내서 이것저것을 섞으면

볶음도 무침도 찌개도 국도 뚝딱 만들 수 있다.

이렇게 밑 준비로 냉장고를 채운 다음 날.

아침에 일어나 냉장고를 열면

어제, 서너 시간의 치열한 수고 덕분에

하루의 시작이 신난다.

일주일이 신난다.

우렁각시가 다녀간 덕분이다.

장 담그기

메주는 일반 크기로 세 덩어리가 소두 한 말이다.
장 담그는 날은 음력으로 손 없는 날이나
말날로 잡는다. 설 전에 담그는 것이 좋다.
늦게 담글수록 소금이 더 들어간다.

메주는 이삼 일 전에 미리 솔로 겉을 털고
물에 재빠르게 씻어 볕에 잘 말려 두었다가
장을 담그는 날,
이른 아침에 소독한 항아리에 넣는다.
소두 한 말 기준일 때는 생수 20리터에
간수 뺀 천일염 5킬로그램을 넣어
전날에 미리 녹여 둔다.
다음 날, 메주를 넣은 항아리 위에
물기 없고 정갈한 소쿠리를 얹은 다음,
고운 거즈를 펴고 녹인 소금물을 찬찬히 붓는다.

소금물에 잠기고도 위로 뜨면서 덜 잠긴
메주가 보이는 단면에는 소금을 솔솔 덧뿌리고
참숯 5개, 대추 한 줌, 마른 홍고추 5개를 넣은 후
항아리 주변을 깨끗이 닦고 뚜껑을 덮는다.
옆면에 구멍을 낸 항아리용 유리 뚜껑도 있지만,
아직은 사용하지 않는다.
항아리 뚜껑을 덮은 채로 사흘을 둔다.
그러면 진하게 간장 색이 우러난다.
그 후로는 맑은 날에 뚜껑을 열어 두었다가
오후 서너 시에 덮는다.
이때부터 항아리용 유리 뚜껑을 사용해도 된다.
비를 맞히면 안 되니 흐린 날에는 열지 않고,
이물질이 들어가지 않도록 자주
항아리의 겉과 입구를 닦아 청결하게 해야 한다.
그 후 45일이 지나면 손 없는 날을 잡아서
숯, 고추, 대추는 건져 내고 장 가르기를 한다.

할멈네 장 담그기의 염도는 보통보다

두 배가 세다. 그러다 보니 장을 가르며

나오는 된장도 짜다. 이렇게 짠 된장은 메주콩을

되직하게 삶아서 절구질로 으깨거나

보리죽, 찹쌀죽을 되직하게 끓여서 된장과 같은

분량으로 가늠해 넣은 뒤 치대며 섞고 항아리에

꾹꾹 힘주어 눌러 담은 후, 맨 위에다

덧소금을 뿌린다. 이렇게 공들인 된장은

여름이 오기 전에 덜어서 냉장을 하고,

일 년 동안 익힌 뒤, 그다음 해부터 먹는다.

그 시기를 놓치면 항아리에 가시가 생긴다.

덜어 낸 간장은 팔팔 끓인다.

위에 얇은 막이 생기면 끓이기를 멈춘 뒤

막을 걷어 내고 식혀서 항아리에 다시 붓는다.

가끔 햇빛도 바람도 입혀 주어야 맛있게 익어 간다.

간장도 비를 맞으면 낭패다.

한 해가 지나도록 항아리에 담은 채로

덜어 먹는데 물기가 있는 도구로 뜨는 건 삼간다.

해가 지나는 동안 간장은 항아리 안에서

절로 졸아들며 높이가 줄어들기도 하는데

다시 햇장 담글 항아리도 필요하니 장을 덜어 낸다.

항아리는 씻어서 말리고 보관을 하되

간장 항아리는 간장 항아리로만,

된장 항아리는 된장 항아리로만 사용해야

장맛이 한결같다.

장을 덜면 맨 아래쪽에 가라앉은 소금이 보인다.

그 소금은 덜어서 깨끗한 통에 담아 두고

마치 장처럼 음식 만들기에 사용한다.

실온에서 백 년이 지나도 상하지 않는다.

색도 진하고 군내도 없다.

장은 다른 해의 것과 합하지 않고 각각 보관한다.

밀폐 용기에는 그대로 보관을 하지만

일반 뚜껑이면 공기는 입장 금지 해야 하니

헝겊을 씌우고 고무줄이나 끈으로 질끈 동여맨 뒤

그릇장 안에 넣고 덜어 먹는다.

남은 간장 없이 싹 다 먹은 해는
지난 일 년 잘 해 먹고 살았다는 표시이기도 하고,
장 만들기를 건넜다는 표시이기도 하다.

집안에 누가 아프거나 좋지 않은 일이 있는 해는
장 담그기를 건너뛴다.
어차피 그런 해는 장맛이 안 좋다고,
친할머니께서 그러셨던 걸 나도 따라 하고 있다.
마음이 다른 곳에 쓰이다 보면
실수가 있을 수도 있기 때문일 거다.

밥장사를 하는 동안 묵은 간장과 된장은
바닥이 났다. 장사에 요긴하기도 했고,
손 없는 날을 놓치기도 했고, 힘들어서
그냥 거르기도 했기 때문이다.
조용하지만 강한 존재감으로 대를 이어 온 장은
오랜 시간이 지난 장이거나, 그해에 담근 청장이거나,
모두 다 소중하고 귀하다.

미나리 봄밥

콧속으로 봄바람이 들어온다. 묵은 곡식을
손질해야 하는 바쁜 시기도 오고 있다.
봄이 오는 것이 좋아서 콧노래가 절로 나온다.
조만간 그 무엇보다 먼저 봄밥을 해 먹을 생각이다.
봄밥 만들기에서는 미나리가 주인공이다.
뿌리 쪽이 도톰하고 붉은빛이 도는 봄의 미나리는
거머리 걱정을 하지 않아도 된다.
한 줌을 씻고 물에 30여 분쯤 담가 둔다.
싱싱하게 물이 오르면 건져서 물기를 턴다.
연둣빛, 초록빛이 섞인 잎을 떼어 따로 나누고
초록색이 진한 가운데 줄기는 생으로 송송 썬다.
붉은빛이 도는 줄기 아랫부분은
소금물에 데쳐서 식힌 뒤 물기를 짜고 송송 썰자.
이리 하면 질기지 않아서 많이 먹을 수 있다.

진간장 1큰술, 설탕 1/2큰술,
양파를 갈아 2큰술을 섞어 양념장을 만들고
불고깃감 200그램에 넣어 물기 없이 볶는다.

불고깃감 대신 등심 200그램을 앞뒤로 구우면서
양념장을 부어 물기 없이 완성한 뒤
잘게 조각을 내기도 한다. 생표고버섯을
나붓하게 썰어 식용유 조금과 소금만 넣어
꼬들꼬들 볶는다. 쌀 세 컵에 찹쌀 한 줌을
섞어 씻어서 소쿠리에 건져 두었다가
30분쯤 뒤에, 씻기 전의 쌀과
같은 양의 물을 넣어 고슬고슬하게 밥을 짓는다.

송송 썰어 둔 붉은빛이 도는 데친 줄기와
양념해 익힌 고기, 볶은 버섯, 여기에 버터
1큰술을 뜨거운 밥에 넣고 섞는다.
밥공기에 담아 눌러서 모양을 내고
오목한 접시에 엎어서 동그란 모양이 나오게
1인분으로 담거나 여럿이 먹을 수 있는
큰 그릇에 담기도 한다.
준비한 밥 위에 초록색이 진한 줄기 부분을
빼곡하게 덮고 그 위에 한 잎씩 떼어 둔
미나리잎을 호로록 뿌리면 봄바람에 날리듯,
밥 위에 사뿐 내려앉는다.
밥에서 미나리 향이 피어오른다.
봄밥은 한번에 비비지 말고

맛있는 간장을 간간이 넣어서 비벼 먹어야 한다.

얼마 전, 반가운 문자를 받았다.

"선생님, 딸이 결혼을 합니다.

선생님께 잘 배우고 잘 먹였어요.

감사드립니다."

요리 수업이 끝나면 시식 시간이었다.

미나리밥은 봄밥이라는 이름으로,

곱디곱던 마흔 안팎의 그녀들에게 알려 주고

시식도 했었다. 밤잠을 아껴 가며 준비하고

정성으로 가르친 국적 불명의 봄밥에

수강생들은 감탄을 했었다.

요리 선생을 하며 서너 시간의 잠으로

매일을 보내면서도 흥이 났던 것은

비단 돈 때문이 아니었다.

아마도 지금은 귀밑머리가 희끗희끗해졌을

그때의 그녀들이 나의 마음을

읽어 주었으리라 믿는다. 그녀들의 박수와 감탄은

배움 짧은 요리 선생에게

큰 힘이 되어 주었다.

긴 세월 흐른 지금에 이르러서야 진심으로 고마움을 전한다.

소풍 김밥

가끔씩 식구들이 김밥을 찾는다.
유부조림과 어묵조림을 넣은 김밥이다.
아는 사람만 아는 이 김밥의 맛이 짱인 건
두 가지를 바싹 조려서 넣기 때문이다.

유부는 조려지지 않은 것으로,
어묵은 사각 모양의 얇은 것으로 준비한다.
유부와 어묵은 끓는 물에 잠깐 담갔다가
10초 후 소쿠리에 건져 식힐 거다.
손으로 만질 수 있을 만큼 식으면
키친타월을 서너 장 겹치고 그 위에 유부를 얹은 뒤
힘을 주어 꽉 짠다. 여분의 기름기를 없앤 어묵은
키친타월을 앞뒤로 꾹꾹 눌러 물기를 닦는다.
유부는 폭을 반으로, 어묵의 폭도 유부와 비슷하게 썬다.

유부 5장에 어묵 2장.
조림장은 간장 1작은술, 설탕 1큰술, 식용유 1큰술이다.

조림장을 냄비에 넣고 거품이 생기며 끓을 때
불을 약하게 하고 유부와 어묵을 넣는다.
뒤적이고, 뒤적이고, 꾹 누르고
또 뒤집기를 반복하다 보면 시간이 제법 걸릴 건데
조림장이 없어지면서 구운 듯한 색이 나게 조려진
유부와 조금은 부풀어 오른 어묵이 된다.
뜨거울 때 마구 담지 않고 잘 펴서 식히면
김밥 속에 넣을 때 반듯해서 수월하다.
식은 유부조림은 바삭해서 과자 같고,
식은 어묵조림은 쫀드기만큼 쫄깃쫄깃하다.

유부조림, 어묵조림을 넣은 김밥은 나이가 반백 살이다.
오래전 〈EBS 최고의 요리비결〉에서도 소개를 했었는데
뭐든 직접 만들어 봐야 내 것이 된다.
겁나 맛있는 소풍날의 김밥이 될 거다.

여름의 장터국밥

쇠고기 (썰어 놓은 국거리) 300그램

애호박 1/2개

얼갈이배추 500그램

무·토란대·고사리 혹은 콩나물 한 줌씩

대파 4대

마늘 서너 알

고추장·된장 수북하게 1큰술씩

고춧가루 2큰술

참기름 1큰술

물 10컵

한여름, 보약 같은 국이 있다. 장터국밥이다.

끼니 챙기기도 어렵던, 장날이 있던 시절.

이를테면 '꼰대라떼'의 시절이었다.

외식의 지존, 짜장면을 따라갈 순 없으나

든든한 포만감으로 온몸에 기운이

후끈하게 돌게 해 주던 국. 할머니를 따라나선

장날은 장터국밥을 먹는 날이었다.

애호박은 칼등으로 힘주어 내려쳐서
크고 작게 조각을 내고 무는 한 줌을 썰고,
얼갈이배추는 데치고 씻어 물기를 짠 후에
짤막하게 썬다. 대파는 손가락 길이로 자르고
생표고버섯이나 불린 건표고버섯은
납작하게 저며 썰어 둔다. 데친 고사리도 한 줌,
토란대도 한 줌 넣으면 좋다.

쇠고기는 썰어 놓은 국거리용으로 준비해서
흐르는 물에 재빨리 씻고 키친타월로 꾹꾹,
꼬집듯이 핏기를 닦아 달군 냄비에 넣는다.
참기름을 조금 넣어 겉만 익은 색이 나도록 볶고
마늘 다짐, 고추장, 된장, 고춧가루를 넣어 뒤적이면
냄비 안에서는 칼칼한 매운 내가 피어오른다.
준비한 것을 모두 넣어 숨만 죽이듯
뒤적이고 물을 넣어 끓인다.

맛있는 냄새가 꽉 덮은 뚜껑 틈새로
힘차게 뜨거운 김으로 내뿜기 시작을 하면
불 세기를 줄인다. 40~50분, 약하게 자글자글.

채소와 고기가 푹 고아져서 부들부들해진 국은
국물이 반, 건더기가 반이다.
소금이나 국간장으로 훗간을 하고 후춧가루 솔솔.

뜨겁게 덥힌 큼지막한 국그릇에 갓 지은 쌀밥을 담고,
국을 떠서 그릇 안을 가득 채운다.
이렇게 더운 때, 아니 이런 찜통더위에 끓이라고?
뭐라 할 수도 있겠다.
그렇지만 조금만 애를 쓰면 딱 국그릇 하나.
밥그릇도, 반찬도 필요치 않으니 설거지도 간단하다.

눈을 뒤집고 맛있게 먹는 식구들의 모습을
보게 될 거고, 혹시 내 눈도 뒤집어졌나
슬쩍 거울을 보게 될지도 모를 만큼 맛있다.

삼계탕

삼계탕을 끓이기에는 60일 정도 자란 닭이 알맞다.
닭은 다른 육류보다 실온에서 균의 번식이 빠르니
씻을 때는 물에 얼음을 넣은 다음, 그 물에서 뱃속의
피 찌꺼기를 긁어내고 안팎의 지방을 뗀다.
흐르는 물에 후다닥 씻고 키친타월로
뱃속 뼈 사이사이에 남은 찌꺼기를 눌러 가며 제거한다.
이렇게 해야 찰밥을 뱃속에 넣어도 밥 색이 깨끗하고
닭 특유의 비린내도 나지 않는다.
혹시 껍질에 덜 빠진 털이 있는지도 살피자.

찹쌀을 씻어 바로 건진다.
한 마리에 찹쌀 반 컵이 알맞다.
청결한 면보에 찹쌀, 대추와 마늘, 수삼을 넣고
돌돌 말아 끈으로 묶는다.

닭은 식구 수대로 넣고, 찹쌀밥 주머니도
식구 수대로 만들어 넣는다. 국물을 알맞게 넣고
다시마 서너 장과 쇠고기 국거리 200그램,

양파 반 개를 넣어 팔팔 끓으면 다시마만 건진다.
친할머니께 배운 백숙 국물의 비법이다.

국물이 끓는 상태에서 닭을 넣은 뒤
찹쌀 주머니를 넣고 생강 반쪽, 마늘은 서너 알,
청주 한 숟갈을 넣으면 남은 닭 비린내가 싹 날아간다.
끓기 시작해서 은근하게 40분을 끓이면 완성.
각각의 찹쌀 주머니를 풀고 따끈하게 데운 그릇에
닭, 찰밥을 담는다. 키우는 대파를 쫑쫑 썰어서 넣는다.
맛있으라고 넣지만 뽀얀 국물 위에 예쁨이 더해지니
땀 흘린 수고가 아깝지 않다.

초복, 중복, 말복, 이름 붙은 날만큼은
두 팔을 야무지게 걷고 부엌으로 들어간다.
두어 시간의 수고 후, 그 뿌듯함이란…
가족에게 내밀며 시크하게 말한다.
맛있게 먹고 건강하게 여름을 나자!
이렇게 말하면 삼계탕도 응답한다.
아임 유어 에너지!

가을밥

덥고 습한 여름에 버섯은 살을 올린다.
영양이 풍부해지고 쫄깃한 질감에 향기까지 진해진다.
가을은 버섯이 농익어 맛이 무르익는 계절이니
버섯 먹기를 놓치지 말아야 한다.
햅쌀과 토란, 알밤, 은행, 대추도 때맞추어 나온다.
모두 넣어 밥을 지으면 '가을밥'이라고 부르자.

여러 종류의 버섯을 기호에 맞게 골라
상처가 나지 않게 다듬고 흐르는 물에
재게 씻어 물기를 턴다. 커다란 버섯은
먹기 좋은 크기로 썰고, 작은 버섯은
모양대로 손질을 한다.

프라이팬을 달구고 식용유와 마늘 다짐을 넣어
향긋하게 볶는다. 두툼한 버섯부터 차례로 넣어
강한 불에서 볶을 거다. 노릇노릇한 구운 색이 날 때,
버섯을 덜어 내고 그 팬에 양념장을 넣어 끓인다.
양념장이 끓으면 볶아 두었던 버섯을 넣고
강불에서 재빠르게 볶아야 한다.
버섯에 고소하고 진한 불맛이 생기는 순간이다.

쌀 세 컵에 찹쌀 한 줌을 넣어 씻고 소쿠리에 담아
30분 동안 물을 빼고 돌솥에 넣는다.
밥물은 씻기 전의 쌀 부피와 같게 해야 하지만
볶아 놓은 버섯에서 즙이 조금 생기니
한두 숟가락 적게 넣어야 고슬거리는 밥이 지어진다.
제철인 밤도 은행도 알콩달콩 서너 알 넣고
올해의 마른 햇대추를 썰어 넣기도 한다.
바글바글 김이 오를 때 볶은 버섯을 위에 얹고
시간이 지나면서 생긴 버섯즙도 넣는다.

불을 약하게 해서 10분, 불 끄고 10분.
버섯 향이 그윽하다.
밥 냄새가 구수하다.

의젓한 버섯들 속에서 티 나게 가을 맵시를
보여 주는 밤이 먼저 눈에 들어온다.
벌써 가을이구나, 밥에서 계절을 보게 된다.
창가에서 키우던 미나리 두 줄기를 잘라서
송송 썰어 얹는다.
가을밥은 그림이 된다.

겨울의 굴밥

굴밥은 굴로만 짓는 밥이 아니다.
굴은 두어 번, 넉넉한 물에 손가락을
쫙 펴서 가볍게 흔들어 씻고, 세 번째는
천일염을 넣은 물에 씻어 건진다.
양식을 만들 생각이면 레몬을,
한식에서는 무를 넣어 물을 끓이고
그 물이 끓으면 굴을 넣어 몇 초 후 바로 건져
소쿠리에 담고 찬물을 부어 더운 기를 없앤다.
이렇게 손질을 해서 굴밥을 지으면
밥도 깨끗하고 탈도 나지 않는다.

쌀 세 컵에 찹쌀 한 줌을 넣고 씻어 담는다.
쌀에 채소나 잡곡을 넣어 밥을 지으면
윤기도 찰기도 덜해지니
찹쌀을 한 줌씩 넣어 밥을 지어 보자.

물은 마른 쌀과 동량으로 넣고
굴 400그램에 무는 굴의 절반인 200그램의 비율로 해서
굵지 않게 채를 썰고 쌀 위에 한쪽으로 얹는다.
데친 굴도 한쪽에 넣자.
끓기 시작을 하면 불을 줄이고 12분 정도면 굴밥이 된다.

기가 막힌 밥 냄새는 부엌을 지나
온 집안을 감돈다. 낭랑 18세까지는
호불호가 있는 굴. 그 나이가 지나면
알아서 찾아 먹더라.
지어진 밥은 무조건 섞지 말고 무와 굴의
반씩만 조심스럽게 덜어 낸 뒤 나머지는
굴이 으깨어지지 않게, 무가 부서지지 않게
밥과 섞어 밥그릇에 담는다.
그 위에 덜어 낸 무와 굴을 맵시 나게 얹고
미나리나 쪽파를 쫑쫑 썰어서 듬뿍,
홍고추는 잘게 썰어 조금 얹는다.

신선한 들기름을 두어 바퀴 뿌린다.
맛있는 간장을 작은 종지에 담아 따로 낸다.
그 종지를 들고 조금씩 밥에 넣어
비벼 먹는 재미가 은근히 괜찮다.

향긋한 굴 향기는 입안 가득,
무는 부드럽고 달다.

생김새와 맛, 냄새가 개성 있는 굴과 무.
둘이 어우러져 익으면서
쌀이 섞여 셋의 맛이 하나가 된다.

쉬운 오이무침

오이로 자주 만들 수 있는 즉석 반찬을 꼽으라면

역시 생오이무침. 일명, 국민 반찬이다.

양념을 만드는 시간은 1분. 오이 절이기? 그런 거 없다.

"식당에서 먹어 본 오이무침 맛있는데 그 맛을 못 내겠어."

밥장사를 할 때 밥을 나르다가 새댁들이 하는 말을

우연히 듣게 되었다.

오이무침의 비법은 단 하나.

오이는 씻어서 따로 둔다.

양념도 만들어서 따로 둔다.

두 가지를 시원해질 때까지 냉장고에 넣어 두었다가

밥상을 차리면서 오이를 썰고, 양념에 무친다.

끼니때쯤 누군가 불시에 찾아와도 괜찮다.
쓱쓱 무쳐 고소한 통깨를 솔솔 뿌리고
예쁜 그릇에 담아낸다.
반찬 잘한다, 소리를 오이무침 하나로 듣게 된다.

무치고 바로 먹어도 입안이 개운하고 상큼하다.
반찬 걱정 하나는 덜게 된다.
오이를 양념에 무친 다음 시원해지라고
냉장고에 넣었다 꺼내면 오이에 물이 생기고,
아삭한 맛도 덜하고, 오이 향도 처음만 못하다.

오이 한 개를 한 입에 쏙 들어가는 크기로 자르고
양파 반 줌 정도를 굵게 채 썰고
아삭이고추나 풋고추 한두 개를
손가락 한 마디 길이로 썰어 한 통에 담아 두어도 좋다.
밥 먹기 직전, 오이를 무칠 때 부어 섞으면
우렁각시 다녀간 듯 그럴 거다.
만드는 김에 재료 서너 배를 합해 두고
조금씩 덜어 가며 사용하면 여름내 오이무침을
편하고 맛있게 먹을 수 있다.

오이 1개

소금 2/3작은술

양조간장 1/2작은술

설탕 2작은술

사과식초 1큰술

갓 찧은 마늘 다집 1작은술

고춧가루 2작은술

오이 3개면 식구 많은 집

점심 반찬으로 부족하지 않았다.

고명으로 부추도, 가을에는 햇밤도

썰어 넣으면서 반찬의 폭이 넓어지는 것에

뿌듯함을 느껴 보기를.

굴케이크

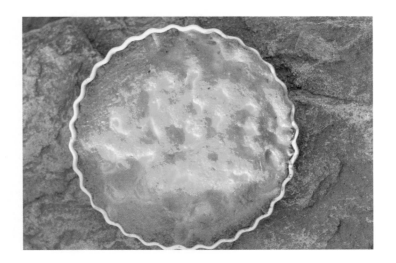

불쑥 찾아온 겨울을 문밖에 세워 두고
덜덜 떨게 한다. 대신 한겨울의 집 안은
달콤하고 맛있는 이야기로 채워야지.
그렇게 겨울을 약 올려야지.

귤은 알알이 떼어 두고 귤즙도 짜 둔다.
미리 꺼내서 부드러워진 버터는 조금 덜어
도자기 틀 안쪽에 골고루 바르고
설탕을 한 숟갈 덧뿌린 뒤 오븐을 예열한다.

버터와 설탕을 합친 다음 기계로 폭신하게 거품을 내고
달걀을 한 개씩 넣어 섞으며 거품 내기를 반복하면
반죽은 부드럽고 폭신폭신해진다.
가루는 두 번 체를 쳐서 넣어 가볍게 섞다가
섞이지 않은 밀가루가 반이 보일 때쯤
귤을 넣고 날가루가 보이지 않게 섞어 틀에 담는다.
오븐에 넣고 25분 동안 굽되,

도자기 틀이 아니라면 굽는 시간을 줄인다.
오븐에서 꺼내면 바로 귤즙을 바른다.

사진을 찍으러 마당으로 나왔다.
순간 한기가 몰린다.
맛있는 냄새에 겨울이 구경 왔나.

귤즙이 스며들 때까지 기다렸다가 먹는다.
촉촉하고 부드럽게 파스스 부서지며
달콤하고 새콤하고 기분 좋은 여러 가지 맛이
입안에 가득해진다.

한겨울, 맛있는 귤 먹기의 번외 버전.
도쿄의 요리 교실에서 배운 이 귤케이크는
겨울철의 귤로 만들어 먹어야 제맛이다.
대단한 멋을 내지 않아도 그 맛만큼은
잊지 못할 케이크인 데다 딱히 파는 곳도 없다.

밀가루(박력분) 150그램

베이킹파우더 2/3작은술

녹인 버터·설탕 140그램씩

달걀 3개

귤즙 1/2컵 + 설탕 2큰술 + 오렌지술 1작은술

귤 알맹이 1/2컵

※ 18센티 원형 케이크 틀

※ 섭씨 180도 오븐에서 25분

양송이수프

크리스마스 선물로 아들에게 냄비를 받았다.
혹시나 하는 마음에 슬쩍 열어 본 냄비 속,
텅 비었네.
노란색의 북유럽 냄비 '캐서린홀름'은
크기도 색도 마음에 든다.
그럼 어디, 여기에다 인생 수프 한번 만들어 볼까.

양송이버섯은 150그램을 준비한다.
껍질째 100그램은 굵게 썰고, 50그램은 얇게 썰어 두자.
루부터 만들기 시작한다.
버터 15그램을 프라이팬에 녹이고
밀가루 1큰술을 넣어 타지 않게 볶다가
갈색이 나면 우유 반 컵을 넣고
저어 가며 끓이다 보면 되직해진다.

냄비에 작은 양파 1/2개를 얇게 썰어 넣고
올리브오일 1큰술도 넣어 볶을 건데 녹신하게 볶아지면
굵게 썬 양송이버섯을 넣는다.
양송이버섯을 양파와 섞은 뒤 잠시 뒤적뒤적.
물 반 컵과 채소 스톡 1/2개를 넣어 끓인다.
양송이버섯이 숨만 죽을 시간이면 충분하다.
여기에다 미리 만들어 놓은 루를 넣어
한소끔 끓이고 핸드 블렌더로 간다.
이제 얇게 썰어 두었던 양송이버섯을 넣자.
휘핑크림은 입장 금지, 생크림 2/3컵을 넣어
포르르 끓어오르면 간을 보고 소금 조금,
그리고 후춧가루를 넣을 거다.
그러면 진하고 고소한 수프가 완성된다.

도쿄 JR선 라인에 위치한 '세이조가쿠엔마에'역에 내리면
케이크 요리 교실 '프레시 크림(fresh cream)'이 있었다.
근처 골목에는 작은 밥집, 초밥집, 우동집, 찻집,
케이크 가게 같은 게 올망졸망 있었는데
어디든 쑥 들어가기 좋았다.
그중 아주 조그만 오므라이스집은
지금처럼 오믈렛이 올려진 것이 아닌,
구식 오므라이스를 내주는 곳이었다.

수프도 있어서 함께 시켰다.
모락모락 김이 오르는 크림색 양송이수프를
한 숟갈 먹고 눈이 뒤집어졌다.
그 광경을 주인아주머니가 보고 말았다.

오이시이. 눈만 마주치면 또 오이시이.

친절한 주인이 웃으며, 끄덕이며, 했던 말 중에서
'루'라는 것이 귓속으로 쏙 들어왔다.
아! 루를 만들어 넣는구나.
버터와 밀가루를 볶고 우유를 넣어 만든.
루가 맛의 비법이었다.
요즘이야 루가 흔한 단어가 되었지만,
그때는 전문가 언어였다.

노란 법랑 냄비에 양송이수프를 끓이니
모자라지도 넘치지도 않는 딱 1인분이 나왔다.
나 혼자 먹으라는 거구나.
아들은 엄마가 재혼하는 게 싫은 거구나.

레몬청

레몬청

제주 레몬으로 만든다.

제주의 바다 내음과 바람의 힘을 향으로 품었으니.

신선하고 고운 빛, 탄탄한 껍질의 생생함이

바다 건너 남의 나라 레몬과는 '클라스'가 다르다.

뻔한 동량의 레몬과 설탕으로 만드는 레몬청이지만

여기에 40여 년 지녀 온 조그만 비법 하나가 보태진다.

먼저 레몬을 물에 담근다.

베이킹소다 반 컵을 뿌리고 잠시 두었다가

솔로 비벼 씻어서 여러 번 헹구고 겉의 물기를 닦는다.

양 끝의 뾰족한 부분은 잘라서 따로 모으고

4밀리 두께로 동그랗게 썰고 씨는 빼낸다.

그래야 쓴맛 없이 상큼한 레몬청이 된다.

동글동글, 열아홉 처자 때처럼

상큼했던 시절을 떠올리며 썰어 그릇에 담는다.

유기농 설탕을 손질한 레몬과 같은 양으로 넣는다.

당뇨가 있다면 맑은 색은 포기하고,

건강을 챙겨야 하니 마스코바도 슈거를 넣는다.

하루에 두어 번 위아래를 섞어 준다.

설탕이 다 녹는 닷새쯤 되는 날에 소독한 병에 옮긴다.

바로 이때

레몬 10개에 생강을 작은 마늘 크기 1개 분량으로 썰어

중간에 넣는다. 레몬의 효과가 열 배는 늘어난다.

레몬 20개로 담갔으면 생강 2톨이겠다.

여기에 더해 타임 1줄기를 넣으면

먹을 때마다 도대체 뭔지 알아내기 어려운 향긋함이

온몸으로 건강하게 퍼지는 걸 느끼게 된다.

개봉 전까지 거즈 면으로 덮고 면실로 묶었다.

오며 가며 눈에 뜨이면 보기에 예뻐서,

왠지 모르게 뿌듯해서 신이 나는 하루가 된다.

먹기 시작하는 여름부터는 냉장고에 넣는다.

껍질이 두꺼운 양쪽 끝은 설탕에 재웠다가 꺼내서

꾸덕꾸덕 말리고 냉동을 한다.

쿠키, 케이크, 떡을 만들 때 잘라 넣거나

생선을 먹은 후 한 조각씩 먹으면
입속의 비린내가 감쪽같이 사라진다.

여름 준비를 마쳤다.
여름아… 오기만 하거라.
유리컵에 얼음을 반만 채우고
작은 국자로 레몬청을 퍼 담고
탄산수나 생수를 콸콸 붓는다.

레몬청을 만드는 시간도,
익기를 기다리는 시간도 행복하다.
손에 물 마를 날 없어도 스스로
만들어 쌓아 둔 행복이
집 안과 마음 곳곳에 남아 있게 될 거다.

미트소스 파스타

어떤 음식 냄새가 문득 코끝을 스치면
그 시간대의 계절이 떠오른다.
음식에 얽힌 사람도 생각난다.

"피자 만들면서 오레가노를 처음 넣었더니
남편이 그럴듯한 피자 냄새가 난다고 해요.
미트소스 파스타를 소희하고 남편이 잘 먹어요."

집밥이라고 불러도 충분할 미트소스 파스타였다.
그것을 배워 간 이가 수줍게 건넨
감사 인사가 참 좋았었다. 이 파스타를 생각하면
30년 전 그녀의 단아한 목소리와
맵시가 음식 위에 겹쳐지곤 한다.

쇠고기는 간 것으로 반 근을 준비하고 양파는 2컵.
당근, 양송이버섯, 셀러리는 1컵씩이다.

잘 씻어서 커터에 갈아 놓은 분량이다.
베이컨, 마늘 다짐, 올리브오일은 1큰술씩.
토마토 페이스트와 토마토케첩, 적포도주가 5큰술씩.

파스타는 패키지에 쓰여 있는 시간에서
2분 정도를 덜 삶지만, 가족들의 식성에 맞춘다.
건져서 물기를 털고 뜨거울 때
엑스트라 버진 올리브오일을 넣어 버무려 둔다.

달군 냄비에 엑스트라 버진 올리브오일을 넣고
마늘을 넣어 마늘 향이 순식간에 퍼지도록 볶았다.
양파를 넣어 말갛게 익으면
다진 쇠고기와 다진 베이컨을 넣고 반 정도 익힌다.
여기에 당근, 양송이, 셀러리를 넣어 볶다가
토마토 페이스트를 넣고 잠시 섞는다.
물 5컵에 월계수 잎 2장을 넣어 폭폭 끓어오르면

적포도주, 토마토케첩을 넣어 한소끔 끓인 다음,
화력을 약하게 해서 30분을 더 졸이면
건더기가 국물 위로 보인다.

통밀가루 4큰술에 부드럽게 녹인 버터 4큰술,
소금 1작은술, 후춧가루 1/2작은술을 섞어서
냄비에 넣어 저으면 되직하게 농도가 난다.

와! 정말 맛있다.
수북하게 떠서 면을 담은 그릇에 얹고
파르메산 치즈를 갈아 얹으면 더 맛있다.

얼마 전 그 소희 엄마가 할머니가 되어
손녀와 함께 다녀갔다.
블로그에서 잘 뵙고 있다고 인사를 하는 그녀가 여전히 곱다.
인사를 받으며 그렇게 좋을 수가 없었다.

해독주스

아침 주스는 제철 과일과 채소로 만든다.
늘 빠지지 않는 당근은 껍질째 씻어서 굵직하게 썬 뒤
소금과 오일을 조금 뿌려 익히고 식힌다.
삶은 당근은 엑스트라 버진 올리브오일을 넉넉히 끼얹고
소금과 후춧가루를 뿌려 오븐에 구우면 쓸모가 있다.
간식으로 먹기도 하고 양식의 가니시로도 사용한다.
물론, 맛있다.

초록 잎들과 빨간 사과, 토마토를 한번에 넣어
만들기도 하고, 아로니아 분말과 꽃가루를 넣기도 한다.
애매한 색이 되지만 감사하게 마신다.
어느 날은 삶은 당근과 비트, 데치고 껍질 벗긴
토마토를 넉넉하게 넣은 붉은색의 주스를.
어느 날은 텃밭의 시금치 한 소쿠리를 따고,
시금치가 없거나 적을 때는 빈둥빈둥
키만 큰 케일 잎 서너 장을 뜯는다.
그날의 주스는 꼭 인사를 받는다.
초록색이 예쁘네.

시금치와 케일, 데친 브로콜리와 부추를
갈아 마시는 날은 온몸이 바로
손바닥 텃밭 친구들이 되는 것 같고,
잘 익은 아보카도를 넣으면
매끄럽고 부드러운 고소함이 추가된다.
배즙과 자몽즙은 그대로 마시기도 하지만
진하다 못해 걸쭉한 주스는
마시기 편한 농도를 내려고 따로 담아둔다.

여러 색의 주스를 만들어서 냉장고에 넣어 둔다.
아침에 주스 잔에 따라 주거나
각자 알아서 들고 나간다.
코가 빠지도록 힘든 몇몇 날을 빼고는 늘 만들었다.
일 년에 서른 날이나 될까.
주스 못 만드는 날은 그 정도였던 것 같다.

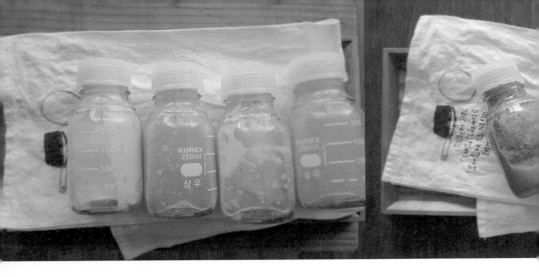

동치미

두말이 필요 없는 가을 무, 좋다.

짭짤하고 맛없는 여름 무도 괜찮다.

사시사철 겁나 맛있게, 쩡한 동치미를 만들어 보자.

뭐 하나를 추가해 만들기 쉽게 가르쳐 줘야지.

[무 절이기]

무 1킬로그램

꽃소금 2큰술

설탕 1큰술

무는 자유롭게 썰되 너무 크지 않게 자른다.

꽃소금, 설탕을 넣어 절이는데

30분쯤 지나면 절여지면서 물이 생긴다.

[동치미 국물]

1 물 2컵 + 밀가루 2큰술로 풀죽을 끓여서 식힌다.

2 양파 1/2개, 배 1/4개, 마늘 3톨, 생강 1/2톨,
　물 2컵을 갈아서 즙을 받는다.

3 식힌 풀죽에 2번의 즙을 더하고 생수를 보태서
　10컵을 만든다.

4 꽃소금 2큰술, 설탕 1큰술을 넣어 저어 둔다.

절인 무에 물이 생기면 준비해 둔 동치미 국물을 붓고
손가락 한 개 크기만큼의 대파를 쭉 찢어서 넣는다.
마른 홍고추 2개도 넣는다. 국물에 랩을 밀착시킨 뒤
실온에 두고 하루나 하루 반나절을 익히면
김치 통의 가장자리로 기포가 보인다.

딱 이때까지만 익힌다.
특히 여름 동치미 만들기에서는 첫 성공 표식이다.
냉장고에 넣고 사나흘 지나서 먹기 시작을 한다.
뚜껑을 열면 반갑게 다가오는 맑고 시원한 냄새.
운동을 하지 않고도 가슴이 두근거린다.

겨울에는 단팥죽

금산의 팥으로 두 번의 팥죽과 한 번의 단팥죽을
만들어 먹었다. 오! 맛있었다.

할멈의 팥 욕심은 누구도 말릴 재간이 없다.
팥 500그램을 씻어서 푹푹 한 김이 끓고 나면 소쿠리에 쏟고
찬물을 훅 끼얹고는 냄비에 넣고서 물을 넉넉히 붓는다.
이래야 팥을 먹고 나서 신트림이 덜하다.

다시 한번 삶을 건데 이때는 팥이 모양은 있지만,
주걱으로 쓱 밀면 으깨어질 만큼 부드러워야 한다.
설탕 3큰술을 넣고 소금도 1큰술 넣었다.
덜 삶아진 팥에 설탕을 넣으면 단단한 팥조림이 된다.
다른 말로 표현하면 '실패'라고나 할까.
팥물은 없는 듯 보이지만 설탕을 넣고 뒤적이면
흥건하게 달달한 팥물이 생긴다.

저어 가며 뒤적여 수분을 날리고
달달한 맛도 보아 가며 조절을 했다.
묵직해지면서 팥의 부피가 늘어나고
쓱 긁으면 물기 없는 냄비 바닥이 보인다.
포근포근, 달콤달달.
일본식 팥앙금이라면 물엿을 넣겠지만
할멈네 팥앙금은 여기서 멈춘다.

팥죽을 만들어 먹는 날에는 옹심이를,
단팥죽을 먹는 날에는 찹쌀떡을 만든다.
코팅팬이라면 확실히 편하겠지만,
두툼한 스테인리스 냄비라면
냄비를 뜨겁게 달구고 불을 살짝 줄인 후
찹쌀 반죽을 넣고 저어 가며 익힌다.
겁나 쉽다면 믿을까?

물은 잠길 정도로 넣고 밤알 서너 개, 대추 두 알,
은행도 서너 알. 그렇게 폭폭 단팥죽을 끓였다.
묽은 듯 농도가 나면 물 1/2컵에
옥수수 전분 4큰술을 넣어서 젓고, 조금씩 더 부어 가며
농도를 내 본다.
더 단 게 좋으면 설탕이나 꿀도 조금 넣는다.

만들어 둔 찹쌀떡은 단팥죽이 끓을 때 넣어서
쭉 늘어지도록 따끈하게 덥혔다.
성질이 차가운 팥을 겨울에 먹을 때는
따뜻한 온기를 담고 있는 찹쌀과 대추,
계핏가루 넣는 것도 잊지 않는다.
겨울에 딱 맞춤인 든든한 간식이 된다.

[찹쌀떡 반죽]
찹쌀가루 150그램
물 100밀리리터
소금 1/6작은술
※ 인절미나 가래떡으로 대체해도 무방

Kitchen
Tool

kitchen • english
küche • deutsches
cuisine • français
cucina • italiano
cocina • español

4장

아낌없이 행복하게

Bravo, my life

매일 정리하며 산다.

사계절 입는 옷을 붙박이장 한 칸만큼 남겼다.

칠순 사진을 찍었어

꽉 찬 7학년이 되었다.
사는 게 바쁘기도 했고, 근래 들어
그럴듯한 독사진도 없었고,
어느새 칠순이라니 나름, 자축도 하고 싶었다.
갑자기 떠나 버린 할아범 생각도 한몫을 했다.
준비는 필수라는 생각도 들었고.
할머니가 된 나의 모습을 사진으로, 내 눈으로,
직접 보고도 싶었다. 겸사겸사라고 해야 할까.

사진관을 찾았다.
서 보세요. 앉아 보세요.
이런저런 포즈를 알려 주었고,
웃어 보라고 했으며
여배우 같은 자세도 해 보라고 했지만
그런 게 나올 리가.

만일 곁에 있었다면 한껏 칭찬하며

예쁘다, 연발했을

할아범 생각이 나서 울음이 터져 버렸다.

그런 엄마를 보다 울고, 떠난 아빠 생각에

함께 울고 만 애들은 눈이 퉁퉁 부어서 그날 찍은

우리 셋이 담긴 가족사진은 아주 볼 만하다.

이 나이가 되니 사람들은 간혹 몇 살까지

살고 싶은지 묻더라. 그러면 늘 같은 답을 한다.

어렵게 살아서 60년도 못 채울 줄 알았다고.

지금 이 순간도 고맙다고.

겁나 늦게 이룬 꿈

'꼰대라떼' 적에는 학년이 바뀌면 담임선생님이
60~70명 가까운 친구 앞에서 대놓고 물었다.

자기 집인지,
전세인지,
사글세(월세)인지.

다행히도 '얹혀사는 아이'는 없었다.

살림살이에 대해서도 이것저것 물었다.
요샛말로 신상이 털리는 순간이었다.
중간에 귀가 번쩍하는 질문은
'피아노가 있는 사람?'이었다.
그 당시의 피아노는
요즘으로 치면 포르셰, 그런 급이었던 것 같다.
아, 부럽다.

얼마 전, 피아노 레슨을 시작했다.
한 음만 올라가거나 내려가도 잘 모를 음계에
낮은음자리표 같은 걸 눈으로 세면서
손으로 건반을 잡고 헤엄을 치는 격이다.
예쁜 선생님과 할멈, 둘 다 고생이 말이 아니다.

첫 권을 마치면 책거리라도 해야 하나.
한쪽 입꼬리를 올리며 뿌듯해하던 중에
꿈같은 소곡집을 받았다.
치고 싶은 걸 고르라고 하시니
〈슬기로운 의사생활〉의 여운도 남아 있고,
박자가 느리니 수월하지 않을까, 싶기도 하여
〈비와 당신〉을 골랐다. 소용없었다.
참 이상하게 내가 치기만 하면 피아노 건반은
무슨 노래인지 당최 모를 소리를 낸다.

어쨌거나 일주일에 두 번,
어깨에다 피아노 책이 든 가방을 폼 나게 메고
열 살 때 꿈꾸었던 피아노 레슨을 간다.
나는 일흔 살.
참말 오래 걸렸다.

가짓수를 늘리지 마세요

가방끈에 대한 콤플렉스가 있고,
가방끈을 길게 늘이고 싶은 마음도 늘 있었다.
가방끈이 긴 사람으로 살아 볼 기회를
갖지 못했기 때문이었다.

결혼을 하고 나서 요리 선생이 되었다.
요리를 배우러 오시는 분들의 가방끈은
길디길어 항상 기가 죽었다.
대학 진학은 못 했어도 책 읽기는 좋아했던 나.
요리를 가르치기 시작하면서는 읽던 책을
문학에서 전 세계의 요리 분야로 갈아탔다.
프랑스, 이태리, 스페인, 일본 요리책을
가슴 가득 안기도록 사고, 요리 사전도 샀다.
마치 몇 개 국어를 다 익힌 듯,
가슴이 벅차오르고는 했다.

아이들을 기다리는 차 안에서, 밤에는 식탁에서,
글자 하나하나 식재료의 단어부터

공부를 시작했는데 그러면 뭐 하나.
돌아서면 까먹었다. 실력이 겁나 늘지 않았다.

요리 수업 하느라, 큰살림하느라, 거기에다 공부.
입안이 여기저기 툭툭 터지던 때였다.
구원의 목소리가 들렸다.
질풍노도의 시절을 지나던 사춘기 딸내미로부터였다.

"엄마, 도대체 몇 개 국어를 공부해?
가짓수 자꾸 늘리지 말고 그냥 영어만 하세요."

딸아이의 말 한마디에 그렇게나 지난했던
욕망의 가방끈을 칼같이 접었다.

언젠가, 친구와 유럽 여행을 갔을 때
스페인의 작은 마트에서 과일을 샀다.
잼을 만들 생각이었으니 설탕이 필요했다.
과일 가게에 설탕이 있을까, 싶었지만
주인에게 그저 한번 물어보았다.
슈거(sugar)라고 하니 갸우뚱.
혹시나 해서 아수카르(azúcar),
성대를 좀 긁으며 기어들어 가는 목소리로 묻자,

알아듣고 손짓을 했다. 이렇게 신날 수가.

세상에 단 하루라도

헛되이 사라지는 노력은 없는가 보다.

물려주고 싶은 것

전원주택이었다. 집 안과 집 밖을 공들여 가꾸며
가족 모두의 정이 깃든 곳으로 만들고 싶었다.
특히 애들에게 그래 주고 싶었다.
아들이든 딸이든 누구에게든
그런 집을 떡하니 물려주고 싶었다.

집이 있는 곳은
숲이나 공원이 가까웠으면,
마루는 방보다 조금만 더 넓었으면 싶었다.
취미에 맞는 것이나 좋은 기억이 있는 물건들로
집 안을 꾸미다 보면 시간이 지나며
집의 한 부분이 되어 줄 듯도 했으니까.

가족 중 누군가 힘든 날.
집에 돌아오면
바로 무장해제가 되게 해 주는 곳.

대화가 어긋나 말이 없어지고
공기가 무겁게 내려앉는 날도 있겠지만,
실없이 오가는 대화가 가벼운 공기처럼
집 안을 가득 채워 주는 날이 더 많지 않을까.
집이 편해서, 집에 있는 시간이
저절로 길어지는, 그런 집을 만들고 싶었다.

할아범 떠난 뒤 남은 살림을 가져갈 선택권을
딸에게 먼저 주었고, 남은 것은 아들네가
원하는 대로 모두 주었다. 새살림 준비하는
아들 돈을 덜 쓰게 하고 싶었고,
나 혼자 남은 살림이 별로 버겁지 않고
단출했으면 싶었다.

엄마, 이거는 우리 진주 여행에서 산 거야.
엄마, 이거는 엄마가 진짜 아끼던 것 같은데.

애들은 부산스러우면서도 그리움이 담긴 말투로,
거기에 약간의 염려까지 섞어 추억들을
소환했다. 살짝 들뜬 듯한 애들 목소리도 듣기 좋았다.
꿈꾸었던 전원주택은 물려주지 못했지만,
전원주택이 아니어도 우리 함께했던 모든 것에
내가 꼭 물려주고 싶었던 시간이 들어 있었다.

딸 덕분에

안에서 밖을 보면 햇살이 좋았다.
조금씩 남은 자투리 실로 뜨개질을 시작하니
털실마다에 닿는 손끝이 따스하다.
겨울 속에서 봄이 오고 있는 듯하다.

봄이면, 항상 〈동무생각〉이라는 노래가
생각나고는 했다. 내가 중학교에 다닐 무렵에는
어버이날이 아니라 어머니날이라고 했다.
그날은 반마다 행사가 다채로웠다.
그날 학교에 오신 친구의 어머니는
꾀꼬리 같은 목소리로 〈동무생각〉을 불렀다.
'봄의 교향악이 울려 퍼지는'으로 시작되는 노래.
저런 엄마를 둔 친구가 부러운 마음은
이루 다 표현할 수도 없었다.

일곱 살에 새엄마가 생겼다.
엄마가 생긴 것이 좋았지만 어른들은
그 어린 마음을 몰라주었다.

이런 이유로, 저런 이유로, 부모님과 떨어져
다시 친할머니와 살아야 했고
그래도 방학이 되면 아버지가 있는
매포라는 곳으로 방학을 지내러 갔었다.
다시 서울로 돌아올 때는 기차역까지 매번
새엄마가 배웅을 해 주셨다.

기차가 매포역을 떠나 신작로가 훤하게
내려다보이는 높은 다리 위를 지날 때는
집으로 돌아가는 새엄마를 볼 수 있었다.
지금은 어림도 없지만, 기차 난간이 있는
계단에 서서 손을 흔들곤 했으나
새엄마는 단 한 번도 그런 나를 돌아본 적이 없었다.

딸아이 가족이 중국 선전(深圳)으로 떠났다.
그곳으로 아이들을 보고 돌아오는
선전의 국제공항은 에스컬레이터를 타고
아래로, 아래로 내려가야 했다.

출국 심사대가 가까울수록 내려다보는
딸의 모습이 작아졌다. 여권을 꺼내고
다시 한번 돌아서서 일 층 쪽을 올려다보았다.
그때까지도 딸은 몸을 한껏 구부린 채
나를 향해 손을 흔들고 있었다.

그 후로는 잊었다.
부러웠던 친구의 어머니도,
쌀쌀했던 새엄마의 뒷모습도,
열심히 손을 흔들던
어린 할멈의 모습 같은 것도.

더는, 아픈 기억 속에 나를
가둬 두지 않게 되었다.
〈동무생각〉은 이제, 슬픈 노래가 아니라
즐거운 봄의 교향곡 같은 노래가 되었다.

그날, 나를 향해 끝까지 손을 흔들고 있었던 딸 덕분이다.

그냥 주무세요

시간이 부족했고, 늘 바쁘게 종종거렸다.
애들을 돌보는 일도, 살림도 바빴지만
성당의 일을 해야 해서 더 바빴다.
레지오 단원에, 구역 반장에, 성당 모임과
동네 반 모임 그리고 봉사활동 등으로
코에서 더운 김이 날 정도였다.
하지만 좋아서, 재미있고도 신이 나서
힘든 줄도 몰랐다.

하루는 장위동의 수사님들이 있는 곳으로
피정을 갔다. 성당의 벗 '로사'와 둘이서,
각자 콩나물무침을 맵게 또 안 맵게 한 관씩
해 들고선 도착할 때까지 버스 안에서
묵주 기도를 바쳤다. 도착해서는 노숙자들의
밍크 담요를 발로 밟아서 빨아 널고
밥상 차리기는 물론, 설거지까지 단숨에 해치웠다.

둘은 씩 웃으며 "우리는 원더우먼이야!" 이랬었다.

점심 식사 후 수사님의 말씀을 듣는 시간이 왔다.

기억도 없다. 언제 잠들었는지.

얼마나 달고도 깊고 짧은 낮잠이었던지.

뒤로 꺾인 목이 아팠었나.

쫙 벌린 입이 바싹 말랐을지도.

코를 곯았던 건 아닐까.

살포시 눈이 뜨였다. 수사님과 딱 마주쳤다.

아뿔싸!

수사님은 말씀하셨다.

놀라지 마시고 계속 주무시라고.

원앙금침을 펴 놓아도 잠이 안 오는 법인데

그 딱딱한 나무 의자에서 그리 잘 주무시니

얼마나 행복하시냐고.

할아범 떠나고 일 년은 잠을 거의 못 잤다.
엄청 창피했던 그날,
수사님께서 하셨던 그 말씀은
할아범이 가고 난 후에야
참말씀인 것을 알게 되었다.

"밤새 한 번도 깨지 않고 잔다는 건
얼마나 큰 호사인가.
일찍 눈 떠지지 않는 게으름은 얼마나 달콤한가."

어느 책에선가 읽었던 몇 줄의 글이
간혹 생각나곤 한다.

이층집

침실 창밖에는 키 큰 느티나무가 있다.
세수를 하고 창문을 열면 '비누 냄새가 나요'
말해 주는 것 같은, 『젊은 느티나무』라는 소설의
첫 구절이 절로 떠오르는 아침이다.

어른들의 느리고 굵직한 말투와 아이들의 웃음.
산책하는 강아지들이 낯선 강아지와
맞짱 뜨는 소리도 무척 가깝다.
나이를 먹을수록 이렇게 낮은 북적임이 좋다.

봄에는 매화꽃이 팝콘처럼 나뭇가지를 덮었다.
슬쩍 고개만 들어도 화사한 철쭉이 보인다.
사방으로 후드득 떨어지는 매실을 피해야 한다면
이미 여름의 시작이라는 뜻이다.
나뭇잎에서 튕겨 나가는 빗소리와 짙은 녹음
사이로 선명하게 드러나는 파란 하늘.

여름의 초록과 섞인 채 주홍빛 감이
익어 가는 가을과 함박눈이 펑펑 내리는
겨울도 있다. 우리 집은 사계절이 늘 곁에 있다.

나의 집은 이층집. 로열층을 포기하고 선택한
아파트 이 층이다. 전원주택 타령을 입에 달고
살았지만 이제는 여기, 나의 이 층 아파트를
좋아한다.

엄마는 어떤 분이셨을까

초등학교 입학을 앞두었을 무렵, 대전에서
올라와 남산의 친척 집으로 들어가 살게 되었다.
이것이 서울살이의 시작이었다.

이건 뭐래유?

나의 느릿느릿한 충청도 사투리 때문에
동네 아줌마들은 배를 잡고 웃기 일쑤였고,
동네 친구들은
날이 선선해졌는데도 철에 맞지 않은
꽃무늬 포플린 치마에,
더운 여름이면 살살 구멍이 난 '난닝구'를
입고 다닌다고 놀리곤 했다. 그래도
몸이 재고 악착같이 공부하며

어딜 가나 빠지지 않는 미모(?)의 어린 할멈은

그들을 이기는 듯했으나

저녁이면 밥 먹으라고 불러 주는

엄마도 없었고, 한겨울이면

엄마가 뜨개질해 준 목끈이 기다란 털장갑을

목에 걸고 손에 끼고 있는

친구들의 기운을 이길 수는 없었다.

추운 겨울, 오자미 놀이를 할 때면 수시로

손에 동상이 들었다. 한번 걸린 동상은 해마다

같은 곳에 자리를 잡고선 붓고 가렵다가

손마디가 굵어졌다.

게다가 살림을 좋아하기도 했으니 점점 거칠고

뻣뻣해졌다. 누가 악수를 하자 그러면 부끄러웠다.

어느 날, 유리 주전자에 손을 크게 베었다.
그런데 그날, 부러 할멈의 밥집을 찾아온
한 중년의 팬이 식사 후 가게를 나서면서
연신 허리를 숙여 인사하며 말했다.

"선생님 이제는 일을 적게 하세요."

낮고 다정한 그녀의 목소리에서
기억에도 없는 엄마 목소리가 들리는 듯했다.

엄마는 어떤 분이셨을까.

Bravo! my life

손녀와 할멈이 단짝처럼 붙어서 보고 또 보며
대사를 다 외울 만큼 좋아했던 만화영화가 있다.
영화 〈업(Up)〉이다. 거기에 이런 장면이 있었다.
아기를 갖지 못한 칼과 엘리는 유리병에 동전을 모았고
동전이 가득 채워지면 엘리가 그 유리병을 단번에
내려쳐서 깨트렸다.
그 돈으로 여행을 떠나는 거였다.

밥장사를 하던 때, 문득 엘리를 따라 하고 싶었다.
밥값을 현금으로 받으면 거기서 한 장,
겁나 힘든 날에도 한 장.
아들과 딸에게 받은 용돈 중 할아범 것도
뺏어서 몽땅 병에 넣었다. 자물쇠도 채웠다.
부득이 꺼내도 부끄러워서 사용할 수 없도록,
꽁꽁 접고 말아서 넣었다.

그 병의 자물쇠를 처음 열었던 날이 기억난다.
둘이 함께 돌돌 말린 돈을 풀며, 펼치며
애개개…

가족의 생일은 물론, 베프의 경조사,
갖은 이름이 붙은 날을 챙기지도, 참석도 못 했으니
몸도 마음도 고생이 심했었다.
세계 일주를 해도 시원찮을 만큼 고생했던
밥장사에 비해서는 서운한 액수였으나,
각자의 연금도 합해서
여행을 떠나기로 했다.

"어디로 갈까?"
"커피가 맛있는 데로 가자."
"밤하늘에 무섭도록 별이 많은 곳. 펑펑 내리는
눈 때문에 며칠이나 갇혀 있어야 할,
그런 곳은 없을까?"
"잔디가 깔린 마당이 백 평쯤 되는 민박,
겁나 하얗고 예쁜 주방이 있는 곳으로 가자."
"그곳 사람만 가는 동네 식당에도 가서
낯선 외국어를 BGM 삼아 밥도 먹어 보자."
"거기 사는 토박이 노부부처럼 손을 잡고

새벽 여섯 시의 산책도 해 보자."
"그 동네의 브런치 가게를 찾아가고,
플리마켓에서 장도 보자."
"동네 가까이 있는 미술관에도 갈까?"

8년간 모은 돈.
단번에 잘 쓰려고
머리를 마주 대고 궁리 중이다.

나도 유학생

덴마크 여행 중이었다.
그날은 두근거리는 일정이 두 개나 있었다.
그중 하나가 페이스트리 수업을 듣는 거였다.
좋아서 손이 떨렸다.
사람이 물욕에만 손이 떨리는 건 아니더라.

외국어를 들어야 하는 것이 시작 전부터 조금
걱정은 되었지만 30년 경력 요리 선생 아닌가.
까짓 덴마크식 영어 정도야
알아듣지 못한다고 한들 겁날 것도 없었다.
극성 학부모처럼 할멈의 수업 사진을
연신 찍어 대던 할아범은 결국엔 쫓겨났다.

그날의 원데이 클래스 덕분에 반백 년 가까운
낡은 가방끈이 1센티 정도? 길어졌다.
억지라고 해도 할 수 없다. 이젠 할멈도 유학파다.
그것도 북유럽, 덴마크 유학생이 되었다.

휘게 라이프가 뭔지 알아?

스탠드 불빛을 좋아한다.
비춰야 할 곳만 정성스럽게 비추는
다정한 불빛이 더할 나위 없이 좋다.
낮고 겸손하게, 그러나 깊이 있는 은은함으로
확실한 존재감을 보여 주는 불빛 같아서 좋아한다.

어둑어둑한 저녁이 왔을 때,
천장의 불은 켜지 않고 스탠드의 스위치를 꾹 누른다.
그 소리를 시작으로 아늑한 행복감이
연한 감색 불빛과 함께 레디 고!
이러니 스탠드를 어찌 포기할 건가.

여행 중에 보았던 코펜하겐의 저녁은
밖에서 바라보는 집집마다의 불빛이 참 예뻤다.
다만 지나갈 뿐인 여행자에게도 그것은
참으로 다정하게 느껴졌다.
거실의 테이블인지, 부엌의 식탁인지
창 너머로 새어 나오는 단아한 불빛은
마음을 설레게 했고
좋아 보였고, 따라 하고 싶었다.

나에게 좋은 불빛이란 그런 거였다.

하지만 인생이 그렇게 호락호락하겠나.
화성 남자인 할아범의 생각은 달랐다.
시퍼렇게 젊었을 때도, 안경을 끼고도
잘 보이지 않는다고 하면서
툭하면 천장의 등을 켰던 사람이 아닌가.

코펜하겐 여행을 다녀온 어떤 날,
스탠드를 켤 건지,
천장의 등을 켤 건지!
서로의 감정이 살살 오를 때 할아범이 말했다.

"우리 여행할 때, 더러운 곳이 많았지?"

5성급 호텔에서 이틀, 그 후로는 민박.
미슐랭 식당을 다닌 것도 아니니,
솔직히 어딜 가나 흡족한 청결 상태는 아니었다.

"휘게 라이프가 뭔지 알아? 불빛이 키보다
낮게 은은해야 마음이 편해진다는데,
그게 왜냐면 더러운 걸 안 보려고 그래.
불이 환하면 구석의 먼지, 유리창에 들러붙은 묵은때.
그런 게 다 보이겠지?
그런 게 안 보여야 마음 편하게 쉬니까,
그래서 사람들이 스탠드를 켜는 것 같아."

물론, '휘게 라이프' 이야기는
할아범의 개인적인 의견이다.

그러네

여행지에서, 숙소로 돌아가는 차 안에서 밖을 본다.
어둠이 살짝 노을과 섞이는 시간.
차창 밖으로 보이는 집집마다의 창에는
이르게 옅은 감색 불이 들어오기 시작한다.
여행지에서 보는 저녁의 시작은 늘 아름답다.
차에서 내려 좁다란 골목을 걸으며
낯선 주변을 두리번거리고 낯선 냄새를 들이마신다.

"여기, 이런 데서 한두 달, 아니 대여섯 달을
살아도 되겠어. 자전거를 타고 십여 분 떨어진
마트에도 가고, 날 잡아 열리는 플리마켓에서
채소를 사고, 여기 과일로 잼도 만들 수 있겠네."

그때 우리가 나누었던 말들을 떠올리다가
문득 생각을 멈춘다.
할아범이 있었으면 어디로 가든 살아 보았을 텐데.
나 혼자서는 좀 그러네.

답장

아침에 기상을 하면 강아지 둘과 침대에서
잠시 놀고, 셋이서 마루로 신나게 뛰어나와요.
아침 햇살에 집 안이 환하게 드러나는
그 시간을 참 좋아합니다.
방금 내린 신선한 주스를 한잔 내미는 것 같고
상쾌한 하루의 시작 같아서
매일 저녁, 집 안을 깨끗하게 정리하고 잡니다.

저보고 우아하게 살았을 것 같다 하셨지만
내게 느긋한 날이 있었던가, 갸우뚱합니다.
지적이거나 문화적인 결핍도 꽤 있었지요.
몸이 부대끼는 날은
외려 평소보다 더 잰 움직임으로
시간을 남겨 보려고 해요.

살면서 어떤 순간이 나를 풍요롭게 했을까.
아마 아이들이 생기고 나서부터, 그럴 것 같습니다.
아이들이 자라는 걸 바라보던 날들이 좋았어요.
누군가를 위해 이토록 헌신하고 사랑한 적은
없었으니까요. 늘 잠이 모자랐지만, 버텨지더라는
그 말이 맞는 것 같습니다.

자신에게 딱 맞는 규칙을 지키는
루틴이 몸에 익으면 나만의 하루로서는
참 좋고 의미가 있겠지만, 인생에는 예기치 못한
태클이라는 게 있지요. 힘이 쭉 빠지고 무너지죠.
마음이 이겨 내지 못하면 몸도 따라 아프던걸요.
그래도 삶은 좋은 날이 더 많은 희로애락의
반복인 것 같습니다.

긴 글을 다정하게 써 보내신 분께
답장을 드립니다. 주신 글 덕분에 지금까지
기분 좋게 지낼 수 있었어요.
누군가에게 힘주기를 해 주셨어요.
저도 따라서 그래 보겠습니다.
잘 지내겠습니다.
오래 행복하시고 건강하시기 바랍니다.

from 꿈꾸는 할멈

다섯 살이라고 다 친구겠니?

나이 칠십, 베프라고 부를 친구는 서넛이다.
속도 좁고 뒤끝도 길고, 친해지고 싶은 사람 앞에서는
앞뒤 없이 말도 많은 할멈.
죽어야 고쳐질 결점이고 약점이며 단점이다.
이걸 다 알고도 받아 주는 친구가 서넛뿐인 거다.

동네에서 사귄 동갑내기 친구는 십년지기다.
그 친구는 모임도 많고 친구도 많다.
하루는 모임에서 마음이 상한 듯,
애들이 고대로 자라서 나이만 먹은 거 같다고,
친구가 뭐 그러냐고 한다.

남 생각을 안 하는 말과 행동은
만남이 언제 끝장나도 상관없다는 것처럼
느껴졌지만, 그래도 수십 년 친구니 어쩌겠냐,
하는 말로 위로해 주었다. 금란지교라는
아름다운 고사성어가 생각나던 날이다.

손녀가 다섯 살 때였다.

놀러 간 곳에 또래 아이가 있었다.

손녀에게 말해 보았다.

"저 친구도 다섯 살 같은데 가서 친구랑 놀아 봐."

손녀가 대답했다.

"할미, 다섯 살이라고 다 친구겠니?"

그래, 맞다.

친구라고 다 같은 친구겠니.

D-15

프랑크푸르트 암마인 공항에 내렸다.
첫날을 이른바 '외쿡'이라는 곳에서 잠을 잔 뒤
다음 날 저녁 노르웨이행 배를 탈 거였다.
그리고 오토가 아닌 스틱 자동차를 몰고서
위쪽으로 쭉쭉 올라갈 참이었다.
베르겐과 로포텐 제도에 들렀다가 핀란드 위를
거쳐 산타 마을까지
그다음에는 겨울 왕국을 지나 스톡홀름으로.

독일에 도착해 작은 마을들을 지나고
덴마크 코펜하겐으로 향한다. 이제 친구 한 명은
보내고, 다시 두 명을 픽업한다.
또다시 새 멤버로 2차 유럽 여행 시작.
프랑스 북부, 폴란드, 헝가리로 들어가서 프라하.
유명하고 좋다는 곳은 일부러 찾아다니지 않기로 했다.

우리 나이 예순다섯.

좋은 것, 편한 것, 돈 많은 것, 말 잘 듣고

잘나가는 남편, 겁나 잘됐다는 소리를 듣는

자식들을 기대하며 코피 쏟도록 살아왔다.

하지만 인생은 그런 것을 찾는다고

그곳에 있어 주지 않았다는 걸 잘 알고 있는 터.

그냥 자연이 주는 대로, 시간이 안겨 주는 대로

감사하며 즐겁게 다녀오기로, 그러기로 하면서

대장 할멈과 이마를 맞대고 준비물에 대한 설명을 들었다.

선이 생겼다

친구들과 지하철을 탔다. 한 친구가 일반석에 앉더라.
다른 친구가 걔한테 손짓을 한다. 이쪽으로 오라고.

"왜?"
"우리 자리는 경로석이야. 젊은 사람들 자리
차지하고 있지 마. 눈총 받아."

선을 넘으면 '짤 없이' 쫓겨날 것 같다.
그어진 선을 밟으면 아웃 되던
어릴 적의 한 발 뛰기 놀이가 생각난다.

찻집에 갔을 때 예쁘고 젊은 어떤 숙녀를 보고
친구가 한마디를 했다.

"아니, 왜 요즘 젊은 사람들은 타이츠만 입고 다니니?
저거 팬티스타킹 아니니?"

큰 소리로 웃었지만 작은 목소리로 말했다.

"어디 가서 그런 말 하지 마.
팬티스타킹 아니고, 옷이야."
"그래? 이게 무슨 일이야?!"
"너 MZ가 뭔지 모르지?"
"비무장지대?"
"아니, 그건 DMZ고. MZ는 경로석에 앉는
사람들은 절대로 못 넘는, 그런 선이야."

나의 하루에 '좋아요' 누르기

나무로 만든 도구들은 햇살이 좋은 날을 정해
소독을 한다. 한 번에 담아 세제 없이 끓이고
그 물을 버린 후 다시 새 물에 넣어 끓인다.
이렇게 세 번쯤 반복한 뒤 뜨거울 때 물기를 닦아
채반에 펼쳐 말린다. 장마가 오기 전에 해야 한다.
이 지난한 작업이 끝나고 나면 나에게
'좋아요'를 누른다.

지난해, 영하 14도 엄동설한에 요리 작업실을 옮겼다.
원래보다 좀 작은 공간으로. 아담한 앞뜰이 있고,
뒷집과 붙은 더 조그만 뒤뜰도 있는 그런 집으로.
그 집으로 옮겨 간 뒤 제일 먼저 사진 찍기 좋은 곳을
찾으려고 두리번거렸다. 그러다 떨어진 살구를 보았다.

"여기 어디 살구나무가 있나?"
혼잣말처럼 물었다.
아무도 모름.
관심 1도 없음.

"설마 내가 좋아하는 그 살구가 맞는 거야?"

살구가 맞았다.
이미 반은 뭉개지고, 씨앗을 깨고 싹이 나올 판이다.
흐르는 침을 닦는다.
괜찮아. 침 흘리지 말자. 없어 보여.
이제 다 내 거야.

그 순간, 살구나무를 만난 나의 하루에도 꾹.
'좋아요'를 눌렀다.

'좋아요'를 누르면서 살아 보자.
남들 말고 내가 나를 위해
눌러 주면 더 신난다.

백만 보 여행

예전에는 집집마다 물건을 파는 분들이 다녔다.
대개가 한집에 여럿이 모여 필요한 물건을 산 뒤
외상 장부에 적어 놓았다가 다음에 갚고,
또 사곤 하는 것을 반복하는 보따리장사였다.
할머니도 그 고객 중 한 분이었다.

도쿄 여행의 시작을 되돌아보면 그 생각이 난다.
지인의 소개로 요리를 배울 겸 도쿄 여행을 시작했다.
그 당시 초보 요리 선생이던 내게,
도쿄는 마치 신세계 같았다.
온갖 주방 도구들과 식재들에 눈이 빙글빙글 돌았다.
도큐핸즈, 기노쿠니야, 갓파바시 등을 다니며
여행 가방이 터지도록 이고 지고 실어 날랐다.
수업 듣는 학생들 물건까지 실어 나르다가
숟가락도 들지 못할 만큼 손목이 나가고서야,
정신이 났다.

몸이 가벼워진 도쿄 여행은 그렇게 신이 날 수가 없었다.

교통이 좋은 시부야에 숙소를 잡고 먼저 긴자로 간다.

니콘 긴자점에 카메라와 렌즈 정밀 청소를 맡기고

그 사이에 '바이린'에서 돈가스 점심을 먹는다.

후식으로 '마네켄(Manneken)' 와플 한 개,

뒷길로 '마리아주 프레르(Mariage Frères)' 티룸으로.

혹은 '프랭탕(Printemps)'으로.

하루는 하치코 버스를 타고 다이칸야마로 간다.

츠타야 서점에서 두어 시간,

건너편의 '잇신(Isshin)'에서 밥 먹기는

기다리는 줄이 아무리 길어도 싫은 적이 없었다.

기요스미시라카와의 '블루보틀'을 찾는 길은

역에서 십여 분, 비는 내리고 조용했고 한가했다.

길을 놓치면 "브루바트르, 도치라데스카…"

만나는 사람마다 얼마나 상냥하고 친절하던지, 반성도 한다.

그곳은 이르게 도착해서 복잡해지기 전에 나온다.

도쿄역에서 신칸센을 타고 가루이자와에 간다.

기차 안에서는 벤또와 녹차를.

가루이자와의 대중탕에서 온천을 하고,

'마루야마'의 커피 한 잔과

'하루니레 테라스'에서 호두과자를 사고 산책을 한다.

시부야역의 콘부 오니기리.

지유가오카의 살림집인 '와타시노 헤야'와

'콰트르 세종', '브로캉트(Brocante)', '라 캉타무아(La Quant à moi)'.

전통찻집인 '고소안'.

신주쿠에서 처음 맛본 '수프 스톡 도쿄'.

세이조가쿠엔마에의 마르지판(marzipan)으로 만든

장식 케이크집의 홍차.

오므라이스집.

신혼 살림집 같은 '애프터눈 티'.

시모키타자와의 '포그리넨'.

후타코타마가와의 강가.

오모테산도의 카페 '마두(Madu)'.

쓰지구치 히로노부 선생님의 '롤야(ROLLYA)'.

도쿄역에서 기차를 타고 간 200년 된 메밀집 '마츠야(MATSUYA)'.

하루미 선생님네의 살림집 겸 밥집.

깍쟁이 사장님이지만 고급스러운 그릇 가게, '소라'.

어린 고수를 뿌리째 얹어 주는

초여름의 '킬페봉(Quil Fait Bon)'의 단호박 타르트.

손바닥만 한 나무 의자에 앉아 먹는 작은 튀김집.

그리고 겁나 작은 우동집.

차향으로 아찔한 '루피시아(LUPICIA)'.

혼잡하던 새벽의 쓰키지 시장.

'마메히코'의 전립분 빵과 구리잔에 담아 주는 냉커피.

그때만 해도 카페가 흔하지 않았지만 시간이 지나며
예쁜 아가씨를 만나기보다
예쁜 카페를 만나기가 더 쉬워진 요즘의 도쿄는
카페 투어도 재밌다.

여행은 이르게 시작하고 늦도록 종일 걷는다.
각자 다른 휴식 방법이 있듯,
일 년에 두세 번 도쿄 여행은 나만의 휴식이었다.
말을 많이 해야 하는 일상을 벗어나
말을 하지 않는 사나흘간의 묵언수행이랄까…
그것이 기력 회복에 도움이 되는 것 같기도 했다.

봄날의 지유가오카는
길 가운데로 쭉 나 있는 벤치로 사람과 개들이 모여 북적인다.
한창인 벚꽃이 바람을 타고 머리 위로 가볍게 날리는 것을 바라보다
눈이 마주치면 서로 웃는다.
커피를 마시며 지도를 보기도, 간식을 먹기도 했다.
내려받아 간 가요를 이어폰으로 들으며
흥이 나면 발장단을 살큼 치기도 한다.

프랑스 일주를 간절하게 꿈꾸며 마련한 노트에
프랑스에 대한 내용은 아예 없다.

타고난 길치이다 보니 다시 찾아가려고,

또 어떤 곳이었는지 알 수 있게 정보를 모아 둔 이 공책은,

놀 틈 없이 바쁘던 삼십 년 전,

일 년에 두세 번 단꿈 같던 도쿄 여행 장소로 두툼해졌다.

지금 행복하기

두근두근했던 11월. 지레김치를 담가야 했다.
12월 김장 날을 받아 놓고는 겁도 났었다.

여섯 달 가까이 블로그와 컴퓨터에 저장된
그동안의 음식 사진과 살림 이야기를 정리했다.
사진 속에 할멈은 없었다.
대신 할멈의 손을 탄 정갈한 음식들과
음전한 묵은 살림 혹은
반짝이는 새 살림들이 사진 속에서 참 좋아 보인다.

있는 힘껏 사느라 살았어도
더 잘 살고 싶어서 그랬나.
지난 살림들이 그때는
이렇게 좋아 보일 줄 몰랐다.

"내 마음은 무거워지고
내 무릎은 너무 약해서 설 수가 없네.
한때는 날 일으켜 춤추게 하고
새처럼 사슴처럼 가볍게 했었지."

작가도 글의 제목도 기억나지 않으나
읽으며 좋아서 메모해 두었던 글귀다.
춤추게 했던 시간을 회상하게 하는 문장이다.

앞날은 모른다.
돌아보기보다 지금,
미루기보다 지금,
지금 행복해지기로 한다.

화 없는, 귀여운 할머니

뒤끝 없는 삶을 꿈꾸지만 어렵다.
얼마 전, 블로그 이웃의 글에서 공감 백배의
글을 보았다. 화 없는 귀여운 할머니로
나이 들고 싶은데 그러기가 어렵다는 글이었다.

도쿄에서 케이크 수업을 듣던 날이었다.
선생님은 하얀 치즈케이크 위에, 껍질을 벗겨서
얇게 썬 오렌지를 하나하나 올려 장식하는 중이었다.
"저는 안 할래요."
어느 수강생의 단호한 말에 나머지 학생들은
모두 얼음이 되었지만, 선생님은 그저 웃으셨다.
어떤 상황에서도 흔들리지 않는 단아한 태도와
말의 맵시가 참 존경스러웠던 기억이 난다.

"너 말이야, 얼굴이 안되면 화장이라도 하고 다녀."

이런 말을 들었다는 사연이 라디오에서 흘러나왔다.

사연의 주인공이 이런 글을 덧붙였더라.

"20년 우정과 손절할 참입니다."

산책을 하다가 그 사연을 들었는데

뒤끝 긴 할멈을 닮은 사람 같아서 웃음이 터졌다.

면전에 대고 서운하다는 말을 하지는 못한다.

대부분은 그냥 넘기게 되니

시간이 지나며 속을 끓인다.

이 고질병을 고칠 방법은 없을까?

이것만 바꿔도 한결 멋진 사람이 되겠는데 말이지.

도쿄의 그 선생님처럼 생글생글,

화내지 않는 귀여운 할머니에 도전해 봐?

시간에 색이 있다면

코펜하겐에서 보내는 늦가을이었다.
이른 아침의 빵집 창가에 앉아
갓 구워 나온 빵과 따뜻한 커피를 느리게 마셨다.
밖에는 비가 내리고 있었다.

이르게 거리에 줄을 선 꽃과 과일들 중에서
튤립과 산딸기를 샀다.
그날 저녁, 산딸기잼을 만들었다.

그때 만든 산딸기잼을 오늘 열고
아들이 구워 준 빵에
빵이 보이지 않을 만큼 잼을 바르고
그때 산 접시에 담았다.

"맛있지?"
"맛있네."

그때를 가끔 생각한다.
인생의 시간마다 색이 있다면
진짜 예쁜 빨간색을
그때 가져 보았다.

이걸로 퉁칠게

문을 여니 나의 뾰족구두를 신은 다섯 살 딸이
배시시 웃으며 혀짤배기소리로 말한다.
"엄마, 이거 하늘만큼 사 두께."

상사를 따라 옮긴 신문사에서 할아범은
입사 한 달 만에 노조 문제로 실직자가 되었다.
딸의 대학 4년은 옹골진 할멈의 몸고생으로 마쳤다.
취직을 해서 첫 월급을 탄 딸은 그다음 날,
월급에서 10원도 안 남기고 내 구두를 사 왔다.
"풀어 봐, 엄마. 얼른 신어 봐. 빨리, 빨리."

어딘가에서 또래 아줌마의 금가락지를 보았다.
"이쁘다, 저 금반지."
아들이 옆에 있었는지 없었는지 기억도 없다.
지지리도 고되던 밥장사를 하던 때였다.
예순 살 생일에 석 돈짜리 금반지를

엄마의 혼잣말을 귀담아들은 아들에게 받았다.

냉장고에 딸이 넣어 둔 투명한 자두 상자.
하트를 그려 넣은 메모지가 붙은 채로 들어 있었다.

짬 내기 힘든 주말은 이르게 손바닥 텃밭에 물을 주고
서둘러 손님맞이 준비를 해야 했다.
땀을 닦고 들어서다가 장사 준비로 바쁜 아들과 마주쳤다.
벌게진 얼굴에 땀이 송송 맺힌 아들이 나를 보며 말했다.
"엄마, 아직까지 일하게 해서 미안해."

코밑 진상이 최고라던데, 딸은 자두로.
천 냥 빚도 갚는다는 옛말처럼, 아들은 말 한마디로.

기분이다.
이걸로 둘 다 6년 학원비만 퉁칠게.

용서

영하 10도에서 14도. 그 당시의 겨울 추위는 그랬다.
산꼭대기 동네는 영하의 기온에 칼바람까지
더해지고는 했다. 동네 이름이 좀 그랬는지,
해방촌이라는 이름에서 용산1가동, 용산2가동으로
바뀌었지만 이름이 바뀐다고 그 높다란
산꼭대기가 평지가 될 리는 없었다.

동네에서 제일 높고 큰 교회. 이름이 해방교회였다.
주일이면 먹을 것도 주고, 책도 많았고,
시간을 보내기에 좋은, 교회이면서 놀이터였다.
11월 말로 접어들 무렵, 교회에서 놀던 날,
어떤 예쁜 어른이 찾아오셨다.

"무용 해 볼래?"
이건 무슨 소린지 어리둥절했다.

남산동에 잠시 살 때 동네에 고전무용 학원이 있어서
날아오를 듯한 춤사위를 창 너머로 구경도 했었다.
할머니께 무용을 배우고 싶다고 했다가
세숫대야로 머리통을 맞고 정신을 차렸었다.

그녀는 무용과에 다니는 대학생이었다.
"성탄절 행사 때 너 혼자서 춤을 춰 보지 않을래?"
'고요한 밤, 거룩한 밤, 어둠에 묻힌 밤.'
아, 나의 몸은 아직도 노래의 구절구절
춤동작을 전부 다 기억하고 있다.

그것만이 내 생활의 전부였던 연습의 시간은
한 달 가까이 계속되었다.
난방이라고는 조개탄으로 달궈 벌게진,
보기에만 뜨겁지 별로 힘도 못 쓰던

녹슨 난로 하나가 전부. 공중에서 하늘거리던
꽁꽁 언 손과 발을 난로 앞에서 녹이며
선생님의 얼었던 볼이 빨갛게 녹는 것을
바라보고는 했었다. 뽀얀 김을 호호 불며
군고구마도 함께 먹었다. 대학생 언니였던
그 선생님이 무척이나 위대한 사람 같았다.
아니, 그때의 나에겐 세상 전부였다.
선생님의 수고와 칭찬 덕분에 교회 친구들의
부러움을 독차지했고, 느닷없이 교회의 스타가 되었다.
그런 행운은 있는 집 친구들도 누리기 어려운 것이었다.

성탄절을 일주일 남겼을 때,
하얀색으로 한복을 준비해야 한다는 말을
들었다. 쿵, 어린 마음이 내려앉았다.

어른들 생각에
한 번 입고 그만일 옷이라 여기신 걸까,
한복은 결국 준비하지 못했다.
빨리 고백했으면 좋았을 것을,
미안한 마음에 입이 떨어지지 않았다.
미루고 미루다가 성탄절을 사흘 앞두고서
털어놓았고, 그 길로 교회를 뛰쳐나왔다.
그 후로 교회 다니기는 그만두었고,
거기 근처에도 가지 않았다.

언젠가 남산 길을 지나는데 멀리
그 교회가 보였다. 정말 죄송합니다, 라는
이 말을 했어야 했다.

골든 드롭

차를 찻잔에 따르는 소리가 내게는
언제나 영롱하게 들린다. 잰걸음으로
움직이는 나를 그 소리가 묶어 놓는다.
조르륵, 또르륵, 똑, 똑.
이름 있는 차의 맛과 향에도 붙이지 않았던 찬사를
마지막 한 방울, 그 소리에 붙인다.
골든 드롭(golden drop).

덴마크의 루이지애나 현대미술관에 간 첫날은,
공사 중인 핀율하우스를 찾다가 허탕을 치고 왔다.
한창 붐비는 시간이기는 했다.
들어가서 한 시간을 넘기자
할아범의 등에 '주의! 성질 오르고 있음'
이런 투명 글자가 나타나기 시작했다.
좋은 여행을 다툰 기억으로 채우고
싶지는 않아서 서둘러 나왔다.
이틀 후, 그날이 미안했던지
다시 가 보겠냐고 하니 나야 좋았다.

그날은 관람객도 적었고 한 차례
얌전히 내린 가을비에 낙엽이 색색이 내려앉아
주변이 참 아름다운 날이었다.
첫날보다 훨씬 좋았다.
미술관 전체를 실컷 돌고 나와서 정원을 걷는데
낙엽을 밟으며 한 걸음 디딜 때마다
좋은 기운이 온몸에 채워지는 것 같았다.
바닷가로 내려가는 계단 끄트머리에서
아래를 내려다볼 때는 어릴 적 꿈속에서처럼 높이,
저 멀리 날아오를 수도 있을 것 같았다.

11월의 저녁은 빨리 찾아왔지만 우리는 시간이 많았다.
노을이 지고, 어두워진 주변 덕분에
바다 건너의 불빛까지 선명했다.

"저기가 스웨덴이래. 다리를 건너면 말뫼라는 곳인데
밀밭이 그렇게나 아름답다고 하네."

친구가 해 준 얘기도 그에게 들려주었다.

참 우연하게도 그날, 코펜하겐에서 페이스트리
수업을 함께했던 일본 아가씨를 만났다.

말도 안 되는 대화를 나누며 서로 끄덕끄덕 하다 보니
혼자서 한 달 살기를 하는 중이라고 했다.

그녀가 떠난 뒤 할아범에게 슬며시 부러운 속마음을 내보였다.

"뭘 한 달씩 있어? 사흘이면 다 보겠던데."

보는 것과 사는 것의 차이를 모르는 할아범이라니.

커피 한 번, 완전히 어두워지고 나서
차를 한 번 더 마셨다. 일어서야 할 시간이
다가오니 아쉬움이 밀려들어서 괜히 빈 찻잔을
들여다보고 있는데 얼마 남지 않은,
차게 식은 차를 내 잔에 덜어 주며 할아범이 말했다.

"이거 마저 마시고 일어나자.
내년에는 남프랑스로 가. 내가 기사 해 줄게."

먼저 떠난 그 사람이 지독히 보고 싶은 날에는,
차를 따라 주던 그날의 조르륵, 또르륵, 똑, 똑.
선명했던 그 찻물 소리와 할아범의
다정했던 목소리가 겹쳐서 온다.

그것으로 끝이었지만
충분히 좋았다.

시간이 멈춘 마을

아들과 딸, 나의 두 아이는 일단 펄쩍 뛰었다.
50일이라는 긴 여행을 떠나겠다는 내가
영 못 미더웠는가 보다. 지들 아빠 떠나고
죽었는지, 살았는지 싶게 숨만 쉬던 어미가
느닷없이 긴 여행을 하겠다니 놀랄 수도 있었겠지.
애들의 반대를 꺾고 용감히 떠났다.

그 여행에 혹했던 건 할아범과 함께 가기로 했던
남프랑스가 일정에 있기 때문이었다.
런던으로 인(in)해야 하는 여행.
런던은 아는 곳도, 흥미도 별로 없었다.

런던에 머무는 일주일간의 일정은 거기에 살고 있는
대장 할멈의 대학 친구가 맡아 주었다.
가고 싶은 곳을 미리 알려 달라고 했지만
책에서 보았던 '프림로즈 베이커리(Primrose Bakery)'

오직 여기 하나, 그 외에 달리 아는 곳도 없었다.
어렴풋이 동화 속 같은 마을이 생각을 스쳤지만
당시에는 동네 이름조차 몰랐었다.
가서 보니 '코츠월즈(Cotswolds)'였다.
코츠월즈 중 두어 군데가 일정에 들어 있었다.

거기로 찾아가는 길은 인적이 드물고
다듬지 않은 나무들, 좁은 길과 넓은 길이 번갈아
나오고 드넓은 벌판에는 노란 꽃이
가득했는데, 그런 몇몇 곳을 유유히 지났다.
낮은 경사를 지나 내리막길이 보이고
코츠월즈의 한 마을이 조금씩, 강하게
눈에 들어오기 시작했다.

'바이버리(Bibury)'라는 곳에서는 물소리가
소근거리며 내내 따라다녔다. 빛바랜 그레이와
연한 겨자색, 크기와 색이 서로 다른 돌조각들이
동화 속에서 보았던 집의 담장을 이루고 있었다.
신기했다.
마을은 마법을 부리는 것 같았다.
창만 빼고는 온통 담쟁이가 덮여 있던
스완 호텔은 백조가 그려진 간판과

주차해 놓은 자동차들만 없었다면
예쁜 집으로 위장한 마술 본부로 보일 듯도 했다.
이상한 나라의 앨리스도, 시계를 들고 서둘러
뛰어가던 토끼도, 토끼와 앨리스가 사라진 굴도,
그 굴이 있을 법한 나무까지도!
찬찬히 둘러보면 찾을 수 있을 것 같았다.

'곰돌이 푸의 집'이라고 불렀던, 깊게 속이 파인
나무 앞에서는 미리 알았다면 작은 꿀이라도
한 병 놓아 주고 싶었다. 마을의 집들을 따라
천천히 걷다 보면 〈로맨틱 홀리데이〉라는 영화 속
케이트 윈슬릿의 집이었던 로즈힐 하우스도 만날 듯했다.
마을은 현재보다 과거로, 지우고 싶은 시간보다는
오래 있고 싶은 시간 속으로, 꼬리에 꼬리를 무는
상상을 하게 만드는 힘이 있었다.

멈춰진 시간을 따라서 과거 속에 섞여 보았다.
완벽한 여행지였다.

10년 후의 나에게

저녁마다 걷던 산책길이 떠오르네, 할멈.
시간을 보내려고 시작한 걸음이었는데
지금은 오래 살고 싶다며
씩씩대며 걷는 건 아닌지.

중년을 훌쩍 넘은 애들도,
멋진 아가씨가 되었을 손녀 서영이도,
사랑스런 댕댕이들도
모두 건강했으면 좋겠어.

단출해진 살림이라도
끼니마다 움직이기는 어떤가.
여든 살의 무릎은 어떤지.

그동안 크게 아픈 곳은 없었는지.
일흔다섯 살부터는 다니겠다던 노인정에서
언니와 오빠들하고도 잘 지내는지.
요새도 자주 할아범 산소에
꽃을 갖다 놓는지.

국민학교 시절에 아침마다, 저녁마다,
100계단이라 부르던 해방촌 산꼭대기를
재잘대며 함께 오르내리던 봄 햇살 같았던 나의 베프들.
그 친구들도 여전했으면 좋겠네.

벚꽃 날리는 봄날이 아직도 슬픈지
아니면 웃는 시간이 많아졌는지.
할아범 보낸 뒤 카페에서 혼자 차 마시기가
아직도 부끄러운지.
좁은 속은 그 나이가 되니 좀 넓어지던가.
좋아하는 여행은 짧게라도 다니는지.
용돈이 부족한 적은 없는지.
〈인생의 회전목마〉는 눈 감고도 연주하고 있으면 좋겠네.
살림을 줄이고 작은 소리도 윙윙거리던 집 안의 공허함도,
외로움이 벌 같던 시간도, 여든 살이 되어 보니 별거 아니던가.
지금 나에게 해 주고 싶은 말은 무언지.

요 며칠은 비가 내리고 폭염이지만
아침저녁으로 시원한 바람이 예쁘게 불어오고
한낮의 햇살은 눈부시다네.
매미도 여기저기서 울기 시작을 했어.
거기도 지금 그런지.
계절이라는 것은 10년 후에도 같은 모습이겠지.
점심 먹을 때가 가까운데 오늘은 뭘 먹을 건지.
궁금한 것이 어찌 이리 많은지.

보고 싶네, 할멈.
사랑하고, 할멈.

여든 살이 된 나에게 안부를 묻네.

2023년 한여름,
일흔한 살의 꿈꾸는 할멈이

끝인사

힘들 때, 우리는 잠시 숨 고르기를 합니다.
그러는 순간에는 나만의 마음 쉼터에
잠시 앉게 되는 것 같아요.

나는 지금 희로애락의 어디쯤 있을까.
정성을 다해 살아왔을까.
그렇게나 소중하게 간직해 온 꿈을 위해서
성실한 적은 있었던가.
늦었지만 다시 시작을 해 볼까, 반성도 하고.

가끔은 자신에게
위로도 응원도 해 주세요.
자신에게 주는 응원만큼 힘세고 진실된 건 없습니다.
저도 응원하겠습니다.

책으로 여러분을 만나서 좋았습니다.

이제껏 인연을 이어 온 좋은 분들과
얼굴도 모르고
서로 만난 적이 없어도
오랜 시간을
한결같이 응원해 주시는 찐팬님들.
진심으로 고맙습니다.

꿈꾸는 할멈, 김옥란 씀

꿈꾸는 할멈

초판 1쇄 발행 2024년 4월 5일

글 | 김옥란
펴낸이 | 계명훈
기획 · 진행 | fbook(02-335-3012)
　　　　　　　김수경, 김연, 박혜숙, 김수연, 여지영, 김진경
마케팅 | 함송이
경영지원 | 이보혜
디자인 | ALL contents group(02-776-9872)
사진 | 김옥란, 이정민(단편)
일러스트 | 조성호
교정 | 류미정
인쇄 | RHK홀딩스
펴낸 곳 | for book 서울시 마포구 만리재로 80 예담빌딩 6층
　　　　　02-753-2700(판매) 02-335-3012(편집)
출판 등록 | 2005년 8월 5일 제2-4209호

값 22,000원
ISBN 979-11-5900-135-2 (03800)